Paul Redlich

Der Roman du Mont Saint-Michel von Guillaume de S. Paier

Paul Redlich

Der Roman du Mont Saint-Michel von Guillaume de S. Paier

ISBN/EAN: 9783743648838

Hergestellt in Europa, USA, Kanada, Australien, Japan

Cover: Foto ©Andreas Hilbeck / pixelio.de

Weitere Bücher finden Sie auf **www.hansebooks.com**

AUSGABEN UND ABHANDLUNGEN

AUS DEM GEBIETE DER
ROMANISCHEN PHILOLOGIE.

VERÖFFENTLICHT VON E. STENGEL.

XCII.

DER

ROMAN DU MONT SAINT-MICHEL

VON GUILLAUME DE S. PAIER.

WIEDERGABE

DER BEIDEN HANDSCHRIFTEN DES BRITTISCHEN MUSEUMS

VON

Dr. PAUL REDLICH.

MARBURG.
N. G. ELWERT'SCHE VERLAGSBUCHHANDLUNG.
1894.

Vorbemerkung.

Nachstehender Abdruck des sprachlich höchst interessanten Roman du Mont Saint-Michel von *Guillaume de S. Pair* war bereits 1886 fertig gestellt. Dr. P. Redlich hatte es übernommen ein Glossar dazu anzufertigen, hat aber seine Absicht nicht ausgeführt und sehe ich mich darum veranlasst nunmehr wenigstens den von ihm unter meiner Beihilfe besorgten Textabdruck zu veröffentlichen.

Die Ausgabe giebt nebeneinander stehend den Text der beiden in Betracht kommenden Hss. des Gedichtes (wenn man das Werk eines jeder dichterischen Befähigung baren Reimschmiedes mit diesem Namen bezeichnen darf) wieder. Nach der ältesten Hs. *A*, Additionel 10289 des Brittischen Museums in London, hatte Francisque Michel den Roman bereits 1856 in Caen in Bd. XX der »Mémoires de la Société des Antiquaires de France« und auch selbständig herausgegeben. Diese erste Ausgabe ist aber recht selten geworden und ihr Text auf der linken Spalte nachstehenden Abdruckes darum von neuem mitgeteilt; doch hat ihn Dr. Redlich zuvor genau mit der Hs. verglichen und dabei an verschiedenen Stellen berichtigt. Im übrigen hält sich der Neudruck ziemlich getreu an die Michelsche Ausgabe. Nur in der Interpunktion und in der Wahl der diakritischen Zeichen weicht er in manchen Punkten von Michel ab; auch die Verbesserung offenbarer Schreibfehler hat er angestrebt, wo dieselbe sich ohne Verdunkelung der handschriftlichen Ueberlieferung im Texte anbringen liess. Doch sind dabei, da diese Aenderungen während des Druckes durchgeführt wurden, mancherlei Inconsequenzen untergelaufen, die der Leser entschuldigen möge; die Wiedergabe der handschriftlichen Ueberlieferung, auf welche es zunächst ankam, ist ja dadurch nicht beeinträchtigt worden. Hier sei darum nur auf folgende Versehen des Textes *A* hingewiesen:

Man lese: Vers 3 iglise, *ebenso durchweg* (iē = fr. i); 5 dīent, *cf.* 463; 10 escīent (*ebenso* 375); 15 jovencels moine[s] (est) del Munt.; 18 [Cen veï] (Qui l'a); 20 (Fut cit) [A cest]; 24 encor(e); 59 Poëlet; 68 (Dunc) [Dous]; 76 delièt; 81 Astré (Asteriacum); 83 poièt, *ebenso* 397 etc.

(iè = *norm.* ei); 118 **asne[s]**; 130 poiez; 136 tel(e) b. qu[i]; 156 lièt, *ebenso* 359; 164 poĕsté; 177—78 seinz Autber(t)[z]: cer(t)[z]; 195 miè, *ebenso* 466 etc.; 202 Lié; 257 aplanīe[z] : rochiers .... leissie[z], *cf.* 3627; engièng, *ebenso* 1584; 292-3 hasloĕnt: travelloĕnt; 294 semmonè(n)t; 299 engièns; 316 rŏelant; 339 *das e von* tienent *von späterer Hand übergeschrieben;* 405 fuisèt; 420 Vei(e)r; 435 noièt; 436 respièt; 447 à(s); 474 demiès; 484 Ponz (*Stadt unterhalb Avranches*); 490 matière; 539 ièssent, *ebenso* 3529; 578 līement, *ebenso* 963, 977; 590 privéement; 593 seignor(s), *ebenso* 623, 1019, 1053, 1760, 1892, 2661; 666 dedīez; 709 lièz, *ebenso* 1075; 761-2 li vallet : sonnet; 766 asusee; 783-4 sonnŏent : retintŏent; 785 pleiselz; 839 seinteflée; 840 plungié[e], *cf.* 2914; 843 croicie(z); 885 *st.* 585 *auf S. 21 oben;* 1030 v[oil] *cf.* 1022, 1024; 1192 encīenz; 1195 *bessere eher:* Et c'esteit nels; 1234 triflère; 1252 prièse; 1398 *nur 7 Silben;* 1409 degastei *ein Wort;* 1438 *unrichtiger Vers;* 1449 poièr, *ebenso* 2352, 3145, 3168; 1471 Al *für* A l.; 1478 l(e)[i] reis; 1515 sorfeit; 1577 haièt; 1676 Mors; 1746 len(n) encrut; 1895 eslièsiez, *ebenso* 1981; 1983 eslièrez; 1999 ou; 2044 prièa; 2103 Beneièt = Beneeit; 2154 el mostier *nachträglich in et mestier geändert;* 2195 eslièsent; 2295 esleīsent; 2399 Cansse (?) *vgl. Arch. 79, 383;* 2444 iè *häufig =* ei; 2445 oiè = oei; *der Reim würde also sein:* ei : oei; 2447 tote(i); 2452 bocheals *scheint mir 3silbig und mit* Dous *zusammen ein Ortsname;* 2515 porrè(n)t; 2526 chaièt; 2750 *cf. V. 3 unter dem Strich;* 2770 suièt; 2867, 2951 *cf.* 397; 2976 lièz; 3012-3 rūe : corūe; 3099 oublīée; 3151 servirèt; 3192 Mièdi; 3260 jeūngent; 3330 dencerchier = Deu cerchier?; 3489 beneièt, *cf.* 2103; 3490-1 crēu(z : descendu(z); 3509 lièrre; 3529 ièssont; 3570 venūe.

Die zweite wesentlich jüngere Hs. *B*, Additionel 26876 des Brittischen Museums in London hat Michel für seine Ausgabe nicht verwerthet. Ihren Text kennen zu lernen war erwünscht sowohl hinsichtlich einer richtigen Beurteilung der eigentümlichen Sprachformen des Dichters, wie auch behufs Ergänzung der Lücken in der älteren Hs. Der nachstehende Abdruck bietet darum auf der rechten Spalte eine diplomatische Wiedergabe der jüngeren Redaktion. Bemerkt muss werden, dass *B* oft schwer lesbar ist, was namentlich für die Stellen, welche in *A* fehlen, recht bedauerlich ist, da ja der Text *B* so wie so eine sehr verwilderte Schreibweise aufweist.

Kurze Zeit nach erfolgter Drucklegung erschienen ausser Redlich's Dissertation (»Einleitung zu einem neuen Abdruck des Roman du M. S.-M. v. G. de S. P.«, welche ich diesem Vorwort jedoch nur zum kleinen Teil und in veränderter Fassung einverleibe) noch zwei weitere Arbeiten, nämlich 1) von Karl Huber: »Ueber die Sprache des R. du M. S.-M. v. G. de S.-P.« in Herrich's Archiv Bd. 76. Braunschweig 1876, 2) von A. Ullrich: »Beitrag zu einer textkritischen Ausgabe des R. du M. S.-M. des G. de S.-P.« Bamberg 1887 (gleichfalls ursprünglich in Herrigs Archiv Bd. 79, 1. 3 u. 4).

Auf die Dissertation Huber's in diesem kurzen Vorwort näher einzugehen, ist kein Anlass, da Huber die Hss. nicht

selber eingesehen, also auch *B* völlig ausser Acht gelassen hat.
Dagegen hatte Ullrich eine vollständige Abschrift von *B*, welche
Prof. Varnhagen angefertigt hatte, zur Verfügung und hat daraus ausser den 26 Einleitungsversen die 330 Verse, welche die
Lücken in *A* ausfüllen, abgedruckt. Er hat sie aber nicht
getreu nach *B* wiedergegeben, sondern in einer Schreibweise,
die sich ihm als Resultat seiner sprachlichen Untersuchung zu
ergeben schien. Jedoch hat er anmerkungsweise die von ihm
ausgemerzten Lesarten von *B* mitgeteilt. Eine Vergleichung seines
Textes mit dem nachstehenden ergab folgende Abweichungen
von Letzterem [1]):

2 Enquierent (*st.* Enq'erunt *für verdrucktes* enqerunt) mont; 8 mespernant; 20 voille.

Nach 2399: 1 encor; 2 Bois; 3 grmbaut & *briq'uile; 4 *lenguerone en *flumeuile; 7 dedens; 9 peron; 10 chartre en crei; 17 de *mudreuile; 18 *breteuile; 19 prmes; 23 *drimmanei; 24 *tot; 27 en pais daurenchein; 33 *Mesnil; 34 mortem; 52 solout.

Nach 2519: prmes; 20 ert; 40 auait.

Nach 2750: 1 altres enz guarda; 4, 5 *eus; 23 *ius; 24 *thocha; 26 *labbe; 43 mracle; 44 foiz; 45 qui ont; 52 sement (= esment?)..

Nach 2870: 8 altres; 9 borgeignons; 18 len; 40 *soz; 41 demandee.

Nach 3170: 8 li chies; 21 i s't; 26 dunc; 45 ien; 47 eu oy; 48 Ances.

Nach 3531: 7 dunc; 10 soe fiel; 13 cãbre; 16 Oe cest fui.

Nach 3711: 28 lãpe *neil (= n'el).

Ich gebe nun noch Redlichs Beschreibung der Hss., welche
unseren Roman enthalten oder enthalten haben sollen:

1) Add. Ms. 10289 des Br. Ms. Sie ist eine Miscellanhandschrift auf Pergament in Quart, 0,19 Meter hoch, 0,14 Meter
breit, im Jahre 1280 geschrieben (cf. Varnhagen, Ztschr. I, 545),
während sie Beaurepaire ins 14. Jh. setzt (R. d. M. St.-M. ed.
Michel p. V Anm. 2). Unser Text nimmt Bl. 1—64 recto ein.
Jede Seite zählt 30 Zeilen, mit Ausnahme von Fol. 45 verso,
wo sich ein Bild, den Brand des Klosters darstellend, befindet,
so dass nur 22 Zeilen auf dieser Seite stehen. Die letzte Seite
enthält 10 Zeilen, und da auf Fol. 8 zwei Zeilen durchstrichen
sind, so wird das Gedicht in dieser Handschrift 3780 Verse enthalten. Die Schrift ist sehr deutlich. Jeder Vers beginnt mit
2 Majuskeln, von denen die erste abwechselnd roth oder blau
ist; die zweite ist stets schwarz, mit rothen Verzierungen versehen. Der leere Raum hinter jedem Verse ist mit rothen,
blauen oder schwarzen Schnörkeln ausgefüllt, so dass die Handschrift sehr bunt erscheint. Auf dem Rande der ersten Seite

---

[1]) Die mit Sternchen versehenen Lesarten verdienen ohne weiteres den Vorzug.

stehen, jedoch fast unleserlich, einige lateinische Wörter, die ich für »Iste liber est historia montis« halte. Vor dem ersten Grossbuchstaben steht in Schwarz stets der entsprechende Kleinbuchstabe. Erstere sind also erst später nachgemalt worden.

Unmittelbar nach einem Zwischenraume von einer Zeile folgt in der Handschrift von neuer Hand 2) die Uebersetzung des Ev. Nicodemi von Mestre Andreu de Coustances. Dieses Gedicht ist von Reinsch in Herrich's Archiv LXIV veröffentlicht. Vgl. dazu Gröber in Zs. VI, 154. Es beginnt auf Bl. 64 verso noch einmal. Jede einen neuen Absatz beginnende Majuskel ist abwechselnd blau mit rothen Verzierungen. Jede Seite hat 2 Spalten mit je 30 Versen in kurzen Reimpaaren, nur die erste Spalte auf Bl. 64 verso hat 28 Zeilen und die letzte Spalte auf Bl. 81 verso 7 Zeilen. Auf dieses Gedicht folgt 3) eine medicinische Vorschrift in 12 Zeilen (Arch. 64, 176) und dann auf Bl. 82 ro. beginnend 4) die Zerstörung Jerusalems, fälschlich »li Notsier« betitelt, in 12 silbigen Laissen; sie geht bis Bl. 121 ro. Jede Seite enthält wieder 30 Zeilen, die letzte nur 21. Auf Bl. 121 verso folgen 5) weitere medicinische Vorschriften, welche bis Bl. 125 gehen (Arch. 64, 170 ff.). Es schliessen sich 6) an »boenz enseignemenz de phisique« (vgl. Arch. 64, 176). Sie enden Bl. 129 verso mit: χpt uincit + χpt regnat + χpt imperat. pater n'r. iíí. S. nichasius &cetera«. Unmittelbar darauf folgt 7) in rother Schrift: »Ici commence le romanz des franceys« von André de Coustances, abgedruckt in Jubinal's Nouveau Recueil II, 1 ff. Das Gedicht ist in 4zeiligen einreimigen Laissen, deren Verse aus 8 Silben bestehen, geschrieben. Auch hier enthält jede Seite 2 Spalten mit je 30 Zeilen. Die beiden Spalten auf der ersten Seite zählen nur je 25 Verse. Der Roman schliesst mit der Aufzählung der 12 Pairs: Hic sunt duodecim pares francie:

Dux burgondie	Archiepc' remensis
Dux normannie	Archiep' lingolnensis
Dux aquitanie	Epc' beluacensis
Comes flandrie	Archiepe' lugidunensis
Comes campanie	Epc' nouioniensis
Comes S'ti egidii	Epc' cathalaunēsis

Hieran schliesst sich 8) auf 133 ro. in 8silbigen Reimpaaren eine Uebersetzung der »Disciplina clericalis« des Petrus Alphonsus, und zwar die 1824 für die Soc. des Bibliophiles abgedruckte, an, die bis zur zweiten Spalte von Bl. 172 ro. geht. Es folgt dann 9) das Compendium amoris: Incipit compendium amoris. Dieses Compendium geht bis Bl. 175 ro. zweite Spalte. Abgedruckt ist der Text von Reinsch in Herrig's Archiv LXIV, 167. Es ist nur ein Bruchstück des »Chastiement des dames«

(in Barbazan-Méon, Fabliaux et Contes II) Z. 752 ff. Robert de Blois, der Verfasser des Chastiement nahm wiederum später dieses letztere in seinen Roman Beaudous (herausgeg. v. Jac. Ullrich. Berlin 1889 im Bd. I von Robert von Blois' sämtliche Werke) auf. Auf der Rückseite desselben Blattes beginnt dann 10) »Jouglet«, Fabliau von Colin Malet, das bis zum Ende der Handschrift Bl. 178 verso geht. Die Varianten unserer Hs. s. in A. Montaiglon und G. Raynaud's Recueil de Fabliaux IV, 262 ff. Angefügt ist ein verstümmeltes Blatt, auf welchem, wie einige kaum leserliche Worte andeuten, wahrscheinlich die Zeit der Entstehung dieses Theiles der Handschrift angegeben ist. Ausserdem steht noch folgendes Bilder-Verzeichniss auf dieser Seite:

en destre
primie]re table est anna et joachim
sec]onde est aug't' ad pastores
tier]ce est jaspan ni9icioe vastazan
orauon íí tablel
.....]ont tablel est en destre aue inaria
seco]nde est nostre dame et josef
tier]ce est erodes comme il decole les inocens
orauon le ííí tablel.
premie]re table est en senestre les apostres qui enterrent le cors
sec]onde est li temple
tier]ce est nostre dame qui chenauche la uile o les staut
qi]uart table est le trespassement nostre dame
qu]int est la desputesoun de nostre seinour et des juis
..... est josef qui maine la mule.

2) Add. Ms. 26876 im Br. Ms. Sie ist 0,127 Meter hoch und 0,087 Meter breit, auf Pergament im Jahre 1340 geschrieben, wie auf der letzten Seite angegeben ist. Auf jeder Seite befinden sich 18—20 Zeilen, nur Bl. 64 verso hat 15 Verse. Sie hat 139 Verse von Add. Ms. 10287 nicht, weist dafür aber 285 Verse mehr auf, so dass sie im Ganzen 3926 Verse enthält. Jede Zeile fängt mit einer schwarzen Majuskel an, die zu Anfang eines neuen Absatzes roth ist. Die Hs. war im Besitze von Francis Palsgrave, der sie am 1. August 1865 dem Br. Ms. schenkte. Am Ende steht: »lord oft«.

3) Eine dritte Handschrift befindet sich zu Avranches. Dieselbe ist aber von keinem Belang, da sie nur eine in unserem Jahrhundert angefertigte Copie von Add. Ms. 10289 ist; cf. Beaurepaire's »Etude sur Guillaume de St.-Pair« (in Bd. XIV der »Mémoires de la soc. des antiq. de Norm.« S. 227 ff. Anm. 2: »Mr. le baron de Pirch... a enrichi le musée d'Aranches d'une excellente copie de ce poème (sc. le Rom. de M.-S.-M.) exécutée sous la direction de sir Fréd. Madden«.

4) **Montfaucon** erwähnt in seiner »Bibliotheca bibliothecarum manuscriptorum« 1739 unter Mss. cod. monasterii St. Michaelis in periculo maris« Bd. II p. 1356 unter Nr. 216 (p. 1360) eine »Histoire du Mont St. Michel en vers, faite du temps de l'appé Robert de Thorigny« in Octav, in anderen Verzeichnissen der Manuscripte dieses Klosters, die wir in **Raoul's** »Histoire pittoresque du Mont St.-Michel«, Paris 1834, p. 271—282, und in Série II, Vol. I der oben angeführten Mémoires finden, wird aber von einer solchen Handschrift nichts erwähnt. Wir müssen also wohl annehmen, dass dieselbe, als **Montfaucon** sein Werk schrieb, noch vorhanden war, aber schon verschwunden, als die beiden zuletzt genannten Verzeichnisse angefertigt wurden. Ja, es ist wahrscheinlich, dass diese Handschrift nach Aufhebung der Klöster in Frankreich mit vielen anderen nach Paris gekommen und also identisch ist mit den Fragmenten einer modernen Abschrift von *A*, die sich nach Beaurepaire in Michel's Ausg. S. VI auf der Nationalbibliothek befinden (Fonds des Blancs-Montaux, no. 41, pag. 727); cf. Histoire littér. de la France XXIII und auch Rom. Stud. IV, 479, wo **Varnhagen** über die von **Montfaucon** erwähnte Handschrift spricht. Er hält sie aber nicht für identisch mit einer der vorgenannten Hss. und betrachtet sie als verloren. Vgl. auch Ullrich in Herrich's Archiv Bd. 79 S. 34.

5) Ullrich l. c. nimmt an, dass auch die von Laisné »Notice sur G. de S.-Paier«. Avranches 1851 (cf. Beaurepaire in Michel's Ausg. S. XI) erwähnte Hs. mit keiner der übrigen identisch gewesen sei, da sie zu Zeiten des Abtes Pierre le Roy (1386—1411) geschrieben sein soll.

Wegen Sprache und Versbau des Dichters verweise ich auf die oben angeführten Arbeiten.

E. Stengel.

1a] Molz pelerins qui vunt al Munt,	Les bōnes gēs qui vont au mont [1a
Enquierent molt, et grant dreit unt,	enqerunt mout & grant dreit ont
Comment l'igliese fut fundée 3	gmēt liglefe fut fondee
Premierement, et estorée,	p'mierem[ent] & estoree
Cil qui lor dient de l'estoire	C eus qui cuident dire leftoere
Que cil demandent, en memoire 6	Q' len demande . en memoere
Ne l'unt pas bien, ainz vunt faillant	N elont pas biē ainſ vont faillat
En plusors leus et mespernant,	E n plufeurs lieuſ & mefp'nant
Por faire la apertement 9	M es pour le fere vieitement
Entendre à cels qui escient	E ntendie a cels qui en dement
N'unt (de) de clerzie, l'a tornée	S ont gmēt ele fut feite
De latin tote et ordenée 12	V n moyne la einſi eftreite
Par(s) vers romiens novelement,	& mife en franceys du latin
Molt en segrei, por son convent,	M out y penfa feir & matin
Uns jovencels; moine est del Munt 15	& treft de liures souuent
Deus en son reigne part li dunt!	Par lotrei de tout le couuent
Guillelme a non de Seint-Paier,	& fut ce feit & aligne
Cen vei escrit en cest quaier. 18	E n tēps robert de torigne
El tens Robeirt de Torignié	Par guillaume de fainct paer [1b
Fut ci[s]t romanz fait et trové.	J hucrift len wille paer
Li romanz dit apertement 21	C eft roumas dira vieitemēt
De l'igliese le troyement,	D e liglefe le trouement
E pois des clers cum il i furent,	D es clers qui p'miers furent
E des moines qui encore durent, 24	& des moynes qui oncoz durent
Les miracles resunt escrit	D es miracles des autres fez
Dejoste cen que jei ai dit.	D onc feinct aub't emprift le fes
Celz vers ici or fenirai, 27	
Et mon romanz commencerai.	
Quant Childebert eirt reisde France,	Quant childeb't ert rey de france
Qui molt aveit ample poissance, 30	Qui mout auet aplé puiffance
1b] Out un(e) evesque en Normendie,	V n euefque out en normendie
Qui molt esteit de seinte vie.	Qui mout efteit de fainte uie
Li escriz dit que Albert out non; 33	L i efcrit dit que aubert out non
Si li donna Dex si grant don	S ili donna dex ſi grant don
Que d'Avrenches, une cité	Q ue daurenches une cite
Dum il aveit la dignité, 36	D ont il auet la dignite

Li fist aveir la segnorie
A bien prof le lonc de sa vie.
Bien conveneit à cel seignor
Tel dignité et tel ennor;
Quer de sa grant religion
Tote amendaut la region,
Il fist meint fait qui à Deu plout.
Entre les autres un en out
Que l'en ne deit mie celer,
Ainz le deit l'en manifester;
Quer à conter est glorious,
Et à oï[r](t) molt mervellous.
Desouz Avrenches vers Bretaigne,
Qui toz tens fut terre grifaine,
Eirt la forest de Quokelunde,
Don grant parole eirt par le munde.
Cen qui or est meir et areine,
En icel tens eirt forest pleine
De meinte riche veneison;
Mès ore i(l) nöe[n]t li poisson :
Dunc peüst l'en trés-bien aler,
N'i esteüst jà crendre meir,
D'Avrenches dreit à Poelet,
A la cité de Ridalet.
2a] En la forest aveit un mont
En un planistre, alques roünt.
Dunc capeles aveit ès leiz
Del mont, feites beles asseiz :
De seint Estienvre l'une esteit,
Qui vers le haut del mont seieit;
Aval el bas, cen sei-jen bien,
Resteit la seint Si[m]phoriein.
En ermitage illuec esteient
Moigne plusor qui Deu serveient.
Le numbre d'els ne treus en livre;
Escharsement aveie[n]t vivre.
La forest eirt grande et oscure,
Là où li moine eirent en cure
De Deu servir et jor et noit :
En cen aveient lor deliet.
Aseiz maneient loinz de gent,
Meseis[e](ai)s granz orent souvent.
Hom(e) ne fame ne[s] visitout,
Ne mès uns prestres quis amout;
D'une vile ei(e)rt, Astre out non.

| 10289 | Mont | 3 | S. Michel. | 26876 |

(82)

Par un asne, sanz nul guium,	Par vn afne fans nul guion
Lor avoieaut, quant il poiet,	L our en voiet quant quil poet
De tel sustance cume avei(e)t.	84 D e tel s'bſtace 9 il aueit
Li asnes iert si enseigniez,	L i afne ert ſi en ſagniez
Que, quant tornoul d'Astre chargiez,	Que quant tozneit dafstre chargiez
Jà en nul leu ne s'esteüst	87 J a en nul leu ne feſteuſt
Ne forveier pas ne[s] peüst	N e foıfere pas ne fe peuſt
De si que à cel mont veneit	D e si que a cel mont uenet
Où ses meistres tramis l'aveit.	90 O u son metre träfmis lauet
2b] Eisi ala et vint souvent,	E ıſſi ala e uint fouuent
Tant que à un jor, ne sei comment,	T an que a vn iour ne fey 9mēt
Uns lous alout par le chemin,	93 V n lou alot par le chemin [3b
Qui l'acontra; si[l] mist souvin,	Qui lencontra fimiſt fovin
Estrenglei l'a, pois le menja.	E ſträgle la puis le menia
Quant cen out fait, si s'en torna.	96 Qua nt ce out fet ſi fen tozna
Molt se merveille(i)[n]t li serf Deu	M out fe m'uellēt li fers deu
De lor asne, quant n'est al leu	D e lour afne quant neſt au leu
A icel ore cum soleit.	99 A icel iour 9me i fouleit
(Il n'en pout meis, essoigne aveit,	J l nē peut mes eſſoigne auet
La mort li eirt molt grant essoigne.)	
Quant atendu l'orent li moine	2 Qua nt atendu lozent limoine
Molt longuement, ne il ne vint,	A icel ioı ne ine vint
Ne il ne sourent qu'il devint,	N e il ne fozent quil deuint
Vunt au monstier por Deu preier,	5 V ont aumonſtier pour deu proier
Qui conseil lor selt enveier,	Que 9feil lour fout enuoier
Que, si li pleit, or le[s] secore	Que sil li pleſt oz les fecoure
De lor asne qui trop demore.	8 D e lour afne qui trop demoure
A oreisons s'eirent tuit mis,	A oureifons ferent tuit mis
Quant Deus lor a le lou tramis	Qua nt dex loura le lou tranmis
Qui lor sommier mangié aveit.	11 Qui lour fomnier mēgie aueit
Grant senblant fait de faire dreit;	Gra nt femblant fet de fere dreit [4a
Tant s'umilie dolcement,	T ant fehumilie doucement
Que bien sourent apertement	14 Q uer bien fourent apertemēt
Qu'il out lor asne devoré:	Qui l out lour afne deuozei
Donc li unt dit et commandé	D onc il ont dit & 9mādei
Que meis les serve del mestier	17 Que mes les ferue deu meftier
Donc li asne serveit l'autrier.	D ont lafne les ferueit lautrier
Si cum dit l'unt, et il fait l'a;	S i ydit lont & ıl (la) feit la
Longuement pois le sac porta.	20 L onguemēt puis le fac poıla
3a] En la veie se mist en eirre,	E n la uoie fe miſt eſtres
Qui plus dreite eirt, chiés le proveire,	Qui pl9 dreite ·. chies le proueire
Prest de porter sor sei la somme	23 P' est de pozter fus fey la fōme
Que desirrouent li Deu homme.	Que defire ozent li deu home
Li lous fut forz et granz et gros,	L i lou fut foıs & gras & gros
Le sac porta desus son dos;	26 L e fac poıta defus fon dos

(127)
Venuz en est à la meison,
De connoisance out achaison.
Li(beus) buens prestres, quant il le vit, 29
Crere poiez molt s'esbahit ;
Mès por le sac que out veü
Ensor son dos e conneü, 32
Sout que de Deu vertu esteit ;
Qui tel sommler li trameteit,
Qui li faiseit de l'asne eschange 35
Par tele beste qu'ert estrange ;
Renvéle-l'en chargié arriere,
Sanz cop de vergé done le fiere. 38
Issi vint souven[t] et ala,
Tant cum Deu plout et commanda.
Ja par les chans tant n'en alast 41
Ne par viles, que il trovast
Home ne fame ne enfant
Qui le huast, ne poi ne grant ; 44
Einz l'apelout qui quel veieit,
Quer cum un[s] chiens priveiz esteit.
Contre nature, ce espeir bien, 47
Se jooüent ou lui li chien ;
O els jeselt, ou els alaut ;
Mais je ne sai s'il i manjout. 50
3b] Aprof qu'ai fait de cest memoire,
Repairier me pleist à m'istoire,
Et si dirrai de seint Autbert, 53
Quant li angres la vint où ert.
A Avrenches ert une noit,
Où se dormeit enz en son liet. 56
Iluec li vint angles des ciels
(Si quit que ce fut seint Michiels),
Qui l'esveilla et pois li dist 59
Que l'endemein au mont venist,
Que [de] desus edefiast
Une chapele et commenchast 62
En l'enor Deu et seint Michiel,
Qui poesté a grant el ciel,
Que prevoz est de parels 65
Et fut et est et ert toz dis.
Quant seint Autbert out entendu
Bien cest message et retenu, 68
Trestot le mist en nonchaleir,
Tant que avint que à un seir
S'eirt endormi de somne grief, 71

Venuz en s alamesbn
D' cognoissnce out achesbn
Le bons p'tre quant il le vit
Crere pouez mout ses bahit [4b
M es pour le sac quil out veu
En sox son dos & ggheu
S out que de deu v'tu esteit
Qui tel somnier li tranmeteit
Qui li sesel de l'asne eschage
P ar telle beste qui ert estrage
R envole len chargie arriere
S ans coup de u'ge dont le fiere
J l i vint souuent & ala
T ant g deu plout & gmada
J a par les chans tant nen alast
N e par les villes quil tornast
H ome ne fame ne effant
Q uil le huast ne poi ne grant
A ins lapeleit qui le veeit
Q uer gme vn chien priue esteit
g tre nature ce especir bien
S i ioient o lui li chien [5a
O eux geseit o eux aleit
M es ie ne sey cil imagiet
A pres que fet de ce memoire
  reperer plest amestuoire
E si direi de saint aubert
Qua nt li angres li vint ou iert
A urenches vint vne nuit
O u se dormeit enz en son leit
J lleuc li uint angre de ciel
S i cuit q' ce fut saint michel
Q ui lesuella e puis li dist
Que lendemain au mont venist
E de desus edefiast
V ne chapele & gmensast
E n lanox deu & saint michel
Q ui poste a grant en ciel
Q uer preuost est de paradis
E t fut & est & ert toz dis [5b
Q ua nt saint aubert out entedu
  bien cest message & retenu
T restout le mist en non chaleir
T ant quil li auint a vn seir
S ert endormi de some grant

Quant li vint l'anglès derechief,
Si l'a de son sonne escité,
Et par son dreit non apelé,
Et li recommande ensement
Cen que dit out premierement.
Donc se porpense seint Autbert
Que se Deus velt qu'en seit plus cert
De cen que [l']angles dit li a,
La tierce feiz encor vendra,
4a] Quer plusors feiz est avenuz
Que deable[s] a deceüz
En tel maniere mainz ermites
Et autres genz de granz merites;
E li apostres ceu diseit,
Que nus hoem creire ne deveit
Esperit trés que provei eust
S'il iert leals ou de Deu fust:
Por iceu l'a encor teü,
Qu'il en cuide estre deceü.
Pois avint si qu'il se dormeit
Enz en sa chambre, cum soleit,
Li angles vint, cen li sembla,
Iriement, et si bouta
D'un dé seis deiz en mié le front;
Encore il piert feiz en ront,
Icil pertus que il li fist.
Quant le bota, icen li dist,
Que il alast seinz demoreir
Le mostier faire et commencier
En son le mont, là où veirreit
Lié un tor qui iluec esteit;
Menez i fut en larrecin.
Li tors aveit feit le chemin
Tot entor lui, là où sereit
Li fundement que il fereit.
Quant cen out dit, si s'en ala.
Donc sout trés-bien, pas ne douta,
Li evesques que Dex voleit
Que ce fust fait que cil diseit.
4b] En lendemein matin leva,
Ses chanoines à sei manda.
Quant il furent tuit assenblei,
Sa vision for ad contei;
Enpreis lor mostre le pertus
Qui li fut faiz el chief desus.

(172)
Qua nt li vint langre derechief
S i la de fomne efuelle
74 E par fon dreit nõ appele
E li reconmande enfemēt
C e que dit ot p'mieremēt
77 D ont fe pourpenfa fait aubert
Que ce dex veut que feit plus fert
D e ce que langre dit li a
80 L atierce foiz encor uendra

Q uer dieable adeceu
83 En tel maniere mais herm...s
& autres gen de grans merites
& li apoftres ceu difeient [6a
86 Q' nus hons creire deueient
E fperit treis que prouuei euft
S il ert leaus ou de deu fuft
89 P our ice la encor teu
Qui l en cuide etre deceu
P uis auint quil ce dormeit
92 E nz en fa chambre o il fouleit
S i angre vint fi li febla
J nelement si le bouta
95 D un de fes deiz enmi le frot
E ncor i pert feit en ront
J cel pertus que il ifift
98 Qua nt le bouta & ce le dift
Q' il alaft fans demouree
L e monftier f'e & gmēcier
1 E n fus le mont la ou v'reit
L ie vn tor quil la efteit
M eneiz i fu en larerrecin [6b
4 L itors aueit feit le chemin
T ot en tor lui la ou fereit
7 Qua nt cen ot dit fi fe nala
D onc fout tres bien pas ne dota
L i vucfq's que dex vouleit
10 Q' ce fuft fet que cil difeit
E N lendemain matin leua
les chanoines a ce māda
13 Qua nt il furent tuit afemble
S a vifion lor a conte
E n p's lor montre le pertus
16 Q uil li fut feit en front de fus

| 10289 | Roman | 6 | du | 26876 |

Tuit li dient communement
Que il face hastivement
Cen que Dex li ad commandé
E par son angle ammonesté,
Quer bien viaz en encorreit
L'ire de Deu, se il nel faseit.
Chascun par sei molt s'esbahit
De cel pertus que el chief vit.
Quant ce unt dit en lor conseil,
Sainz Autbert fait son apareil ;
A ses barons icen mostra
Et ad vileins trestoz manda
Que ovec lui par ban alassent
Et lor ostuiz ou els portassent :
Vooges, besches et piscois,
Et cognies à trenchier bois.
Il vint al mont, si l'amonta,
Le tor emblé desus trova.
Cil qui l'aveit illuec mucié,
L'out d'une corde lonc lïé :
Por cen l'out fait que il peüst
Et par le pestre se teüst.
Li lerres s'ert bien porpensez,
Se il muisist, qu'il fust trovez ;
5a] Molt fut sages qui l'i lia,
Asseiz fut plus qui l'enseigna.
Alant, venant, entor la place
Li tors out fait une grant trace.
  Li evesques la veie vit,
Si cum li angles li out dit ;
Lors prent le tor, si l'a rendu
Au proudomme qui l'out perdu,
Que li angles dit li aveit
Qu'il le rendist quant il l'aureit.
Donc f(u)[i]st venir les ovriers sus,
Si commanda à metre jus
Et ad abatre et ad trenchier
Cen qui noiseit ad commenchier
Cele igliese que faire deit.
Chescuns de els ovre en son endreit.
Quant li leus fut aplanïé,
Dous roches unt en mié leissié,
Que il ne poëst fors geter
Par nul engieng ne remuer.
Sainz Autbert est donc esmaié ;

(217)
T uit li dient conmunement
Qui l face hativemēt
19 C e que deu li a commāde
E par fon angre admonefte
Q uer bien viaz en encourret
22 L ire de deu fil nefteit feit [7a
C hecun par fei mot fesbahit
D cel pertus que en chief vit
25 Quu nt ce out dit en loɀ cōfeil
S aint aubert feit fon apareil
A fes barons ice montra
28
31
34 L e toɀ ɘblei de fus troua
C il quil laueit illeuc mucie
L out dune coɀde lonc lie
37 P oɀce lout feit que il peuft
E par le peiftre le teuft
L i lierres fert bien pourpɘfeiz
40 S e il muifift bien fuft trouez
M out fut fage qui li lia
A cez fut pl9 quil lenfeigna
43 A lant uenāt entoɀ la place
L i toɀs ot feit vne grant trace
L i euefque lauoie vit
46 SI conme langre li ot dit [7b
L oɀs pɀent le toɀ fi la rendu
A u pɀoudom quil lauet perdu
49 Q uer li angre dit li aueit
Qui lle rēdift quant il laureit
D onc fift uenir les ouriers fus
52 S i ǫmāda a metre ius
E abatre e atrēchier
C e quenuifeit a conmēf(e)ier
55 C elle iglefe q' fere deit
C hecun deuls eure a fon endɀeit
Qua nt li leu fut aplanie
58 D eus roches ont en mei leffie
Q' ilne peuent hoɀs geter
P ar nul engin ne remuer
61 S aint aubert eft donc efmoie

Mont

Meis dam-le-Deu l'a conseillié.
Près d'iluec out une vilete.
Is aveit non, molt petitete.
Baïns i(l) mest, uns païsanz
Qui d'enfanz ert assez manenz;
Douze filz out granz et petiz,
Od lui esteient tuit à lz.
En son dormant l'angles li dist
Qu'il levast sus et si venist
5b] O ses enfanz la pierre oster
Qui à Autbert tout son ouvrer.
Faire ne velt demorement,
La[n]demein lieve temprunment,
Pois prist ses filz; si sunt alé
Là où Dex li out commandé.
Quant il vint là, si reconta
A seint Autbert cen que oï a.
Quant li sainz huem cen out oï,
Dex gracia, molt s'esjoï.
Dunc vint Baïns, si s'est segniez,
A[u] (li) grant perron [s'est] apoiez.
Lui et si filz s'i vunt botant;
Mais il n'esmuet ne poi ne grant.
Molt pa(s)[r] se peinnent del boteir;
Mais il n'e[n] puent remuer.
Botent de chà, botent de là;
Mais onc la pierre ne crolla.
Donc s'i rapresment li villain;
Mais quant que il funt si est en vain.
De l'angoisse sunt tuit sullent;
Mais de l'oster est-il neient.
Tirent et botent et hasloent;
Mais por neient se travelloent.
Li uns d'els l'autre semmonne(n)[i]t:
« A fel ! bote de là endreit. »
 Quant seinz Autbert a cen veü
Que ne lor vaut rien lor vertu,
Ne nus engiens qui onques seit,
A Baïn est venuz tot dreit:
6a] « Diva! fait-il, as-tu enfanz,
Ne meis ces unze ici ovranz?
— « Oïl, dit-il, un sol petit;
Meis em berz est. » Li seint li dit:
« Si t'aït Dex, va tost por lui,
Ou de tes filz i algent dui;

S. Michel.

(262)
M es dame deu la gfellie
P zes dileuc ha vne villete
64 Y ez aueit nō mout petitete [8a
 B ain imaigniet vn paifant
 Qui desfant ert affez manãt
67 D ouze fiz out grans & petiz
 O lui efteient touz alez
 E fon dozmant langre li dift
70 Qui l leuaft fus e fi venift
 O les effans la piere ofter
 Q ui á aubert tout a ouurer
73 F ere nen vout demouremēt
 L endemain lieue tēpzuemēt
 P uis pzint fes fiz fi font aleiz
76 L a ou li out deu cōmande
 Qua nt il uint la fi recozda
 A faint aub't ce que oy a
79 Qua nt li fainz hons ot cen oy
 D onc vint bain fi ceft feigniez
82 A u grant perron ſ't apouiez
 L ui e fes fiz ci vunt boutant [8b
 M es il ne meut ne poy ne grant
85 M out fe parpeinent deu bouter
 M es il nen peuent remuer
 B outent deca boutent dela
88 M ęs onc la pierre ne croula
 D onc fi repzēnent li vilain
 M es quant que il font fi eft en vain
91 D e langoeffe ſ't tuit fuant
 M es de lofter eft il neent
 H urtent & boutent & haloient
94 M es pour nient fe trāualloient
 L i vns lautre femonneit
 A feus boute de la endzeit
97 Q ua nt faint aub't veu
 que ne loz vaut rien loz v'tu
 N e nul engin que euls aient feit
 0 A bain eft ucnu tout dzeit
 D iua feit il aftu effans [9a
 N emes cel onze ici ouurans
 3 O il dist il vn foul petit
 M es embers eft . le faint li dit
 S i taift dex ua toft poz li
 6 O u de tes fiz i augent dui

Aporte-le i isnelement,
Tant cum cil pueples çi atent. »
Si cum Autbert l'out comandé,
L'enfant li unt tost aporté
Ou tot le berz où il esteit ;
Au perron l'ont apoié dreit.
Donc va Baïn et si enfant,
La pierre unt prise enso(l)z levant,
Aval le mont l'ont roolée.
Roelant vait, tant qu'arestée
S'est enz el val qui desoz ert.
Encore i est, trés-bien apeirt,
Alquanz l'apelent *le Tombel*.
Ci out miracle et grant et bel ;
Ci ouvra bien la vertu Dé,
Qui od un berz a cen osté
Que esmoveir sol ne poie[i](n)t
Tout le pueple qui [i] esteit,
L'autre pierre est tost remuée,
Quant la granz fut d'iluec ostée.
Quant aoé orent le mont,
Congié demandent, si s'en vunt.
 Li boens Baïns et si enfant
S'en vunt, à Deu grace rendant;
6b] Quer seint Autbert franchi li out
Trestout son feu où que le sout,
Fors que (destant) de tant que le
  mostier
Seit feiz pa[r] an deveit junchier ;
E si 'n nareit ses livraisons,
Deniers, pain, [et] vin et poissons.
Li buens Baïn[s], por tel servise,
De seint Autbert rechut franchise.
Encor ore tienent si heir
Tout lor feu franc à Bel-Vejer,
Por junchier tote l'abeïe
Iert lor feu franc tote lor vie.
Jonchier de[ive](vei)nt dedenz le cor
E la cherche, l'eriere-cuer,
Le chapitre et le refector
Et le cloistre trestot entor :
Les croiz ne la neif del mostier,
Cel n'en est pas de lor mestier ;
Plus unt encor que dit ne ai,
Livreisons ont teles cum sai.

(307)
A porte le ifnelemēt
T an 9ſil peuple ici atent
9 S icon aubert lout comādei
L effant li ont toſt apoꝛtei
O tout le bers ou il esteit
12 A u perron lont apoꝛte dꝛeit
D onc ueit bain & ſi effant
L a pierre ont pꝛins ēſoꝛleuāt
15 A ual lemont lont roulee
R oulant vait tant que areſtee
S eſt enz en val qui de ſoz ert
18 E ncoꝛe iest tres bien ipert
A ucuns lapelent le tōbel [9b
C i out miracle grant e bel
21 C oura bien la u'tu dei
Qui o vn bers a ce oſtei
Q' eſmouer ne pouet
24 T ot le peuple qui i eſteit
L autre pierre eſt toſt remuee
Qua nt lautre fut dileuc oſtee
27 Qua nt aoe oꝛent le mont
C ongie demandēt ſi ſe vnt
L i bon bain & ſi enfant
30 S en vont adeu graces rēdant
Q uer faint aub't frāchi li out
T reſtout ſē bien ouque le ſont
33 F oꝛs que difant que le mōſtier
S eipt foiz par an deueit iūchier
E t ſē aureit ſes liureiſons.
36 D oꝛines pain vī & peiſſons
L e bons bains poꝛ tel ſeruiſe [10a
D e saint aubert recut frāchiſe
39 E ncoꝛ oꝛe tiennent ſi heir
T ot loꝛ feu frāc abel ueeir
P our iūchier toute labeie
42 E rt tot loꝛ fieu frāc ē loꝛ uie
J unchier deiuēt dedens le cuer
& la cerche & reire cuer
45 E chapitre & le refectoꝛ
E le cloiſtre treſtout entoꝛ
L es croiz & la neif deu mōſtier
48 J ce neſt pas de loꝛ meſtier
P lꝰ encoꝛ que dit nen ai
L iureiſons ont teles e ſai

(351)

Sainz Autbert est, ce m'est avis, 51
Iluec remeis trestoz pensis;
Quer li angles li commanda,
La tierce feiz qu'(od) o lui parla, 54
Que jà del mont ne se meüst
De si que s'ovre fait eüst.
Une noit eirt trestot pensis 57
De cele ovre que out empris,
En son liét ert, quant il oït
La voiz de l'angle qui li dit: 60
7a] « Os-tu, Autbert? Quant leveras,
En son le mont demain iras,
Et si verras cum faitement 63
Dex ad merchié ton fundement. »
L'angles s'en vait en-est-le-pas.
Cil s'endormi quer molt ert las; 66
Lendemein est matin leveiz,
En son le mont est tost monteiz;
Plein de rosée un cerne il veit, 69
Qui de defors toz seis esteit.
Dex li mostra apertement
La mesure del fundement. 72
La terre esteit en mié molliée,
Et environ bien essuiée;
De l'autre part, mon escient, 75
Molliée esteit tote ensement.
Cist miracles de la rosée
Qui sor le munt esteit levée, 78
Ressemble à un que nos l(u)ison
De Gedeon, de la toison
Qui fut molliée et puis secha, 81
Si comme il le demanda
A dam-le-Deu, qui l'enveiout
A la bataille où il alout. 84
Qui velt saveir apertement
Cen que tochon ici briément,
Quierge le livre *Judicum*, 87
SI verra cen en la leçon.
Quant seint Autbert sout certement
Que issi ireit son fundement, 90
7b] Les maçons fait en l'ovre entrer;
Or n'i velt mais plus demorer,
De si qu'à là qu'achevei seit 93
Toz li mostiers que faire deit.
A grant plenté i out ovriers;

Saint aubert eſt ce meſt auis
illeuc remes treſtot pōſis
Quer liangre li conmanda
La tierce foiz quo lui parla
Q' ia deu mont ne ſe meuſt [10b
D e ſi que ſeuure feiſte euſt
U ne nuit ert treſtot pōſis
D e tel oure q' ot empris
E n ſon liet ert quant il oit
La uoiz de langre qui li dit
O tu aub't quant leueras
E nſon le mont demain iras
E ſi u'ras g feitement
D ex a merchie ton fōdemēt
L angre ſen ueit iſnelepas
C il ſendormit quer mot ert las
L endemain ert matin leuez
Em ſon le mont eſt toſt mōtez
P lein de roſee vn cerne iueit
Qui de defors tot ſes eſteit
D ex li montra apertement
L a meſure deu fondement
L a terre eſteit en mei moullee [11a
& enuiron bien eſſuiee
D elautre mon eſcient
M oullee eſteit tout enſement
C eſt miracle de la rouſee
Qui for le mont eſteit leuee
R eſenble a vn q' nos leſon
D egedeon de la toiſon
Qui fut moullie & puis ſecha
S i g il le demanda
A damedeu qui len voiout
E n la bataille ou il alot
Qui veuſt ſau' apertement
C e q' tochon ici briement
Q erge le liure iudicon
S ile u'ra enla leſſon
Qua nt aubert ſout c'taincment
q' einſi ireit ſon fondement
L es maſſons feit ē leuure ōtrer [11b
O ꝛ ni ueut pas pl9 demourer
D e ſi la quacheue ſeit
T ot a moutier q' fere deit
A grant plante oureirs iot

Meis n'ert mie gran[z](t) li mostiers; 96
De tel grant fut qu'il n'i poiet
Que cent homes à grant destreit;
Il fut roon[z](t) fai[z](t) comme crote. 99
Dex compassa cele ovre tote.
Monte-Gargaigne ert jà fundez,
Quant ci[l] dechà fut demostrez.
A la mesure de cel-là
Fut li mostiers refait de chà.
Quant seint Autbert ovreir feiset 5
A son mostier, seier soleit
Sor une pierre molt souvent.
Gardée fut pois longuement,
Por soe amor, et ennorée;
Meis or(e) crei-jen qu'ele est emblée.
Diérre solei[en]t l(i)' anceisor
Que li mostiers, à icel jor
Que seint Autbert le commencha,
Fut en mié cest, la ore a
Soz une volte, une chapele
De Nostre-Dame; si est bele.
Or feron ci digression, 17
Quer un petit conter volum
Quel[s] fut li monz primes et pois;
Veier en dirrai, si con jel lieis. 20
8a] Deus cenz cotes out de hauteice,
Desoz est leiz, desus estreice;
A l'arche semble où garirent
Bestes et gens, que ne perirent.
Tumbe l'apelent el païs
Por sol itant, cest m'est avis, 26
Que il apert desus l'areigne
En la façon de tumbe humeine.
Peril de meir rest apelez; 29
Quer molt souvent i (s)unt trovez
Pelerins passanz perilliez
Que(r) gor[z](t) de mer aveit neiez 32
Ou à l'aleir ou au venir:
Donc ne se puet neient tenir
Que entre le jor et la noiet 35
Ne mont dous feiz sanz nul respiet.
Dès Avrenches de si(c) qu'al mont
Aveit seit miles à roont 38
De pleine terre et de boschasge,
Qui ore est tot greive et rivage.

De tel grant fut q' unq's pot
Q' cent ouriers a grant deſtreit
J l fut tot ront cōme vne crote
D ex cōpaſſa cel euure tote
M ont degargaigne ert ia ſōdee
Qua nt cil deſſa fut demontree
A lameſure de cel de la
F ut le mōſtier refeit de ſa
Qua nt ſaint aubert ouref feſeit
A son mōſtier ſeeir ſoleit
S oʒ vne pierre mout ſouent
G ardee fut puis longuemēt
P oʒ ſoe amoʒ & ennoʒee
M es oʒ creige q'] eſt ōblee [12a
D ire ſeulent li enſeiſoʒ
Q' li moſtier a icel ioʒ
Q' ſaint aubert le conmēſa
F ut em mi ceſt la oʒe a
S oʒ vne uoute une chapele
D e noſtre dame ſi eſt mot bele
O ʒ feron ci diſcreſſion
Q'r vn petit conter volon
Q' l fut le mont primes & puis
V eir en dire ſi con ie leis
D ous cenz coutees i out de haut
D e ſoz ÷ leiz de ſus eſtreit
A larche semble ou garirent
B eſtes & gens q' ne perirent
T ūbe lapelent el pais
P oʒ sol itant ce meſt auis
Q' il apert de ſus lareigne
E n ſa faſſon de tūbe humaine [12b
P eril demer eſt apelez
Q' r mout ſouent i ſ't trouez
P clerins paſſans perilliez
Q' gort de mer aueit neiez
O u alaler ou au venir
D onc ne ſe peut neent tenir
Q' entre le joʒ & la nuit
N e mont dous foiz ſans reſpit
D es aurenches de ſi quau mont
A ueit ſies miles tot en roont
De plaine terre & deboſquage
Qui oʒ eſt greue & riuage

Dous eves douces i coreient,
Qui molt à loig d'iluec sordeient,
Et dès le mont tresqu'à la meir
Autretantes en rout par peir.
Dès là en chà a feit tel guerre
Li floz de la meir à la terre,
As prez, as bois, a(s) la forest,
Que n'i a beste ne n'i pest;
8b] De la forest a feit areine
Entor le mont et bele et pleine.
Entre dous eves donc vos dis,
Seüne et Coisnon, est assis;
La tierce i rest, qui Siée ad non.
Devers Bretaine cort Coisnon,
Le[s] autres sunt en Normendie;
Si est le mont, je n'en dout mie.
Molt prof d'iluec est Tumbeleine,
Qui por cen ad le non d'Eleine
Que Eleine morte illuec fut,
Quant le jaiant ovec lei jut.
Fille Hoël esteit le conte,
En porjesant l'oscist a honte.
Anquanz dient que niece esteit
Le rei Artur, qui'n prist grant dreit.

Entre le mont et Tumbeleine
Cort tost la meir par mié l'areine.
Plenté i a de granz saumons,
De lamprées, d'autres peissons;
Quer l'en i prent et muls et bars,
Bons esturgons et gran[z](t) sabars,
Torboz, plaïz, congreis, harens,
Porpeis, graspeis, quant en est tens,

E tanz menuz peissons de meir
Que nes vos sei demiés nommeir.
Cil qui [de] lo[i]g veient le mont,
Le hesme(i)[n]t estre tout roont
Et que l'igliese tor ressemble,
Ou l'abeïe tote ensemble.
9a] Es jorz d'estei i a touz tens
Dou[z](d)guez ou treis si com jen pens;
Jà ne ceindra meir la grant porte
Vers Ardenum, quant ele est morte;

(441)
41 & des le mont fi qualamer
A utrement en i out par peir
D ous eues douces i coreient
44 Qui mout au loign dileuc eftoiēt
D e la en fa aueit tel gerre
L i floz delamer a laterre [13a
47 A s prez as bois ala foreſt
Q' nia befte ne ni peft
D e la foreſt a feit areigne
50 E n tor lemont & bele & pleine
E ntre dous eues ie vous dis
S eune & coignon eft affis
53 L atierce i rest quifee a non
D euers bretaigne cort coinon
L es autres ſt en normedie
56 L emont ieft ie ne dout mie
M out p's dileuc eft tubeleine
Qui pource ale no deleine
59 Q' eleine morte illeuc fut
Qua nt le geant oueuc le geut
F ille hool efteit le conte
62 E n porgefant lofift ahōte
A ucuns dient que nieffe efteit
L e roy artur quen print grant
                                  dreit [13b
65 E ntre lemont & tubeleine
C ort toft lamer par mi lareigne
P lente ia de grans faumons
68 D e lanproies dautre poiffons
N en i prent & muls & bars
B ons efturions & grans fabars
71 T orboz plais congres harens
P orpais lites & gros guitens
R eies togars & mq'reaus
& fors mulez granz & bieaus
& tans menuz peiffons de mer
74 Q' nes uous fey mie nomner
C il quil de loign veient le mont
L cfmcnt etre treftot ront
77 & q' liglefe tor refemble
A labeie tot en femble
E s iors defte & en toz temps
80 D ous guez ou treis fi 9 ie pēs [14a
J a ne tedra mer la grant porte
V ers ardenō quant el eft morte

(483)

Et quant ele est de grant poignant,	83	& quant el eft de grant poignant
Avrenches passe et ponz avant,		E l paffe aurenches & pōs auāt
De rive en rive tot porprent,		De riue en riue tot porprent
Par le païs amunt s'estent.	86	P ar le pais en mont fes pent
En la marche siét l'abeïe		E n la marche feit labeie
De Bretaigne et de Normendie.		D e bretaigne & de normēdie
De cest lerrei, si revendrei	89	D e ceft lerey fi reuendrei
A ma matiere; que leissei.		A ma matiere ou ie lefei
Li buens evesques espleita		L e bons euefq' efpleta
De son mostier tant que fait l'a.	92	de fon meftier tant q' fet la
Quant le vit fait, forment li plout;		Qua nt le uit feit forment li plout
Mais ce lei peisse que n'en out		M e fe lui poife q' il nout
De seint Michiel aucune rien;	95	D e faint michel aucune rien
Mais molt li avint de cest bien;		M es mout li auint de ce bien
Quer une noit, quant se dormeit,		Q' r vne nuit quant fe dormeit
L'archangle[s] vint là où esteit.	98	L archangre vint la ou efteit [14b
Cen li a dit que il aprestast		C il li dift quil lapreftaft
Dous de ses clers, sis enveast		D ous de ces clers & en voiaft
En Puille, au mont dreit de Gargaine,	1	E n puille dreit au mōt gargagne
Qui en l'issue est de Campaigne;		Qui en leffue eft de cāpaigne
Des reliques là demandassent,		L es reliq's la demādaffent
Cen qu'il auvrunt en aportassent.	4	
Quant seint Autbert out cen oï,		Qua nt faint aubert ot ce oi
Del noinz de l'angle s'esjoï,		D es moz delangre fesioi
A dam-le-Deu grant graces rent;	7	A dame deu graces en rent
Pois apresta hastivement		P uis aprefta hastiuement
9b] Cels qui deveient aler là,		C euls qui devoient aler la
Cum l(i)' archangles li commanda.	10	O u li angres li cōmanda
Lor dras a fait costre et tallier,		L or dras afeit coutre & tallier
Molt se hasta de l'enveier;		M out fehafte def en voier
Deniers ad quis tant cum il veit	13	D eniers tant g il veit
Que sofiere puent par dreit.		Q' foufere lor peut pardreit
Li soller sunt fait tuit faitiz,		L i foulliers ft tuit fetiz
Huesels orent por les euiz,	16	H eufe orent por les euiz
Li brief sunt fait et seiellé:		L i bries fut feit & fele [15a
Briément i sunt tuit recunté		B riement i fut tot raconte
Li miracle de chief en chief;	19	L i miracle de chief en chief
Et estre cen, si unt un brief		E etrece fi vit vn brief
Qui des reliques demandout,		Qui des reliq's demandout
Si cum li angles commandout.	22	S i g li angre comādout
Quant apresté sunt li message,		Qua nt aprefte ft li meffage
D'une rien unt fait molt que sage:		D une rien ont ml't feit q' fage
Quant de l'evesque dessevreirent,	25	Qua nt doleuefque deffeurerent
Beneïçon li demandeirent,		B eneicon li demanderent
Quer ne sourent si renvendreient		Q' r ne forent fe reuendreient

| 10289 Mont | 13 | S. Michel. 26876 |

	(528)	
Ou en la veie tuit morreient.	28	O u en la uoient tuit moreiēt
Molt dolcement les a besiez		M out doucement les abefiez
Li evesques, et puis seigniez.		L i euefq' & puis feignez
Cil qui en vunt plorent forment	31	C il fen vunt plorant formēt
Là où departent de lor gent,		L a ou departent de lor gent
Si refunt cil de l'autre part.		S i refont cil delautre part
Au dessevreir out maint regart,	34	A u defeurer ot maint regart
Molt se salüent dolcement		M out fe faluent docement [15b
Là où departent de lor gent.		L a ou departent de lor gent
Quant à peine sunt desevrei,	37	Qua nt apeine f't defeurei
Lor chemin ount tant cil esrei		L or chemin on cil tant errei
10a] Que il iessent d'Avrencheïn,		Q' il ieffent daurenchein
D'Oiesneis et d'Auge et de Liésvin;	40	D en meine & dauge & de liefuin
Cauz trespassent, un seic païs,		V unt trepaffant vn fec pais
Et Veulguessin, cen m'est avis ;		& venguefin fe meft auis
Normendie ont tote adossée.	43	N ormendie ont toute adoffee
Quant l'eve d'Ipte ont trespassée,		Qua nt leue diepe ont trefpaffee
Passent Ponteise et Seint-Denis,		P affe ponteife & faint denis
Devers destre leissent Paris,	46	D eu'es deftre leffent paris
Marne passent endreit Laingné,		M arne paffent endreit leignie
Par mié Brie s'en sunt alé,		Par mi brie fen f't ale
Dreit à Sezane sunt venu,	49	D reit afezaine f't venu
Plaierre veient et Vertu,		P lairre voient & vertu
Tote France trespassée unt,		T oute frāce trefpaffe ont
Par mié Borgoigne venu sunt.	52	Par mi borgoigne venu font
Au premier mont, si l'ont passé,		A u p'imer mont fi lont paffe [16a
De l'autre part pois sunt entré		D e lautre part puis f't entre
En la conté de Moriaigne,	55	E n la conte de morienne
Le lac trespassent de Losaine,		L e lac trefpaffent de lofenne
A grant espleit ount amonteiz		A grant efpleit f't amontez
Trestoz les monz et avaleiz.	58	T reftoz le monz & aualez
Quant des monz furent descendu,		Qua nt defmons furent defcōduz
En Lonbardie sunt venu;		E n labardie f't venuz
Trespassent-la isnelement,	61	T refpaffent la inelemēt
Toscane aprof tot ensement.		T ofquane ap's tot enfemēt
Par mié Rome s'en sunt alé,		Par mi rome fefūt ale
Pois en Campaigne sunt entré ;	64	P ois em cāpaigne f't entre
Donc ount esré tant par Campagne,		D onc f't erre tant par cāpaigne
Que il veient Monte-Gargaine.		Q' vienōt au mōt de gargagne
Lors mercient molt dam-le-Deu	67	L ors m'cient ml't dame deu
Qui(e)s a menez tresqu'à cel leu,		Qui les mena tres qua cel leu
10b] Et seint Michiel tot ensement		E faint michel tot ēfemēt
Qui lor a fait aviement.	70	Qui lo a feit aiuement
D'ilueques sunt alei avant,		D illeuques f't alez auant [16b
Dreit al mostier vienent esrant,		D reit au moftier vienēt errāt

(573)

Dedenz en entrent liement,	73 D edens en entrent lieement
Lor preieres funt belement	L oz p'ieres font belement
Devant l'autel à genoillons.	D euant lautel agenollons
Quant fait(es) orent lor oreisons,	76 Qua nt fetes ozent loz ozeifons
Sor piez s'esdrecent, si s'esturent,	S us piez fedzeiffēt fi festurent
Puis se signierent cum il durent.	P uis fe feignierent ge idurent
A l'autel sunt tuit aprismié,	79 A lautel f't toz ap'fme
Devant se sunt ragenollié,	D euant fe f't agenolle
Lor offrendes meste[n]t desus.	L oz offrende metent defus
Quant beisié l'unt, si lievent sus;	82 Qua nt biefe lont fi lieue fus
Seignié se sunt, puis ount cliné	S engnie fe f't fi (l)ont cline
Parfundement si sunt ralé	Par fondement fi f't rale
A lor bastons, là où il ierent.	85 A loz baftons la ou il erent
A cels qu'il trouvent demandeiren	A ceus qui treuuent demāderēt
Où ert dan[s] abes, s'ert en ai(e)se;	O u ert li abbes cil ert en aiefe
Quer requis l'ont à grant mesaise.	88 Q' r requis lont a grant mefaiefe
Volentiers od lui parlereient	V olentiers o lui paleroient [17a
Priveement, si li dirre[i]ent	P ziuement fi li diroient
Que il sunt illuec venu querre,	91 Q uil fūt illeuc venu querre
Quer message sunt d'autre terre:	Q' r meffages f't d'autre t're
« Seignors, funt cil, or vos souffreiz,	S eignozs font il oz nous fofrez
Un sol petit nos attendez.	94 V n sol petit nous atendez
Ne vos peist pas; que nos irons	N e nous peift pas quer nous irō
Querre l'abei, si li dirrons	Q' rre labbe fi li diron
Que vos volez od lui parler.	97 Q' vous voulez o lui paler
Puis, se li pleist, porreiz aler	P uis fil li pleft pozreiz aler
11a] Parler od lui; ou, se il velt,	P aler a lui ou se il veut
A vos vendra, si comme il selt	0 A uous vendza fi g il seut
Venir receivre autres messages,	V enir receiure autres meffages
Comme prodom riches et sages.»	C ōme prodom riches & fages
Quant il furent d'iluec torné,	3 Qua nt il furent dilleuc tozne
En-est-les-pas trouvent l'abé;	J fnelepas treuuent labbe
Si li unt dit que pelerin,	& li ont dit q' pelerin
Qui nen esteient pas frarin,	6 Qui nefteient pas frarin
Sunt el mostier; si l'attendeient	S ūt en moftier fi latēdoient [17b
Quer ovec lui parler voleient.	Q' r ouec lui paler voleient
«Et donc sunt-il?» — «Nos ne savum,	9 E donc f't il: nos ne fauon
Ne demandei ne lor avum.»	N e demande ne loz auon
— «Aleiz molt tost, sis m'ameneiz,	A lez mot toft fes mamenez
De grant dolçor les salueiz.»	12 D e grant doulcoz les faluez
Donc en sunt cil alei por cels.	D onc en cil alez a ceuls
Primes [se] sunt beisiez entr'els,	P rimef fe f't beifez entre euls
Pois à l'abei cond[u]it les unt.	15 P uis a labbe gduiz les ont
Quant le virent, salué l'unt;	Qua nt le uirent salue lont
Si refait a els ensement,	C on fains hons mot hūblem't

(618)

Comme seinz huens, molt humle-ment.	18	S i refet il eus enfement
Devant lui sunt agenolliez,		D euant lui f't agenoilliez
Trestoz lor briés li unt balliez.		T reftoz le bries li ont balliez
Il leis a leiz et esguardez,	21	J l les a .leuz & efgardez
Les messages a rapelez:		L es meffages a rapelez
« Seignors, fait-il, vos remaindreiz		S eignors feit il vos remaïdrez
Et ouvec nos herbegerez ;	24	& ouec nous herbergerez
Quer, se Dex pleist, nos n'avum rien		Q' r fe dex pleft nous nauō rien [18a
Qu'aveir poissiez que n'eiés bien ;		Qua ueir puiffez q' neiez bien
Mais or vos prié par charité	27	M es oz uous prei par charite
Que me conteiz la verité		Q' me contez la uerite
11b] De ceste chose comment vait.		D e cefte chofe coment vet
Cist briés m'on[t] dit dont molt me hait. »	30	C es bries mot dit duc me het
I[l] lor demande la ver(i)té,		J l loz demande la 'urite
Et il li unt trestot conté		& il li ont treftot conte
De chief en chief, quer en memoire	33	D e chief en chief en loz memozē
Aveient bien tote l'estoire.		A uoient bien tofte lesftoze
Dès que(s) li abes out oï		D es que li abbe out oy
Que cil distrent, molt s'esjoï;	36	Q' cil diftrent mot fefioy
Dès que il sout qu'en Occident		D es quil fot quen occident
R(o)out seint Michiel herbergement,		R out faint michel h'bergemēt
Dam-le-Deu ad lors gracïé.	39	D ame deu a lozs gracie
La nuit sunt cil bien herbergié.		L a nuit f't cil bien heb'gie
En lendemain en-es-les-pas		E n len demain ifnelepas
Lor fait muër trestoz lor dras ;	42	L oz feit muer treftoz loz dzas
Vait as Sipont cele cité,		V ait affipons celle cite [18b
Sun evesque ad illuec trové,		S on euefq' a illeuc troue
Si li a dit et conté tot	45	S i li a dit & conte tot
Quant que cil dïent, mot à mot.		Qua nq' cil dient mot a mot
Li evesque[s] en fut molt lié,		L i euefq's en fut mot lie
Que Dex aveit apareillié	48	Q' dex aueit aparllie
Que li prevoz de paradis		Q' li p'uoft de paradis
En plusors leus sereit requis		E n pl9ozs leus feret requis
Des pecheors qui par la terre	51	S es pecheozs parlat're
Ses oreisons ireient querre.		D es ozeifons ireient querre
Li evesque[s] l'abei preout		L i euefq' labbe p'iout
Et dolcement li commandout	54	& doucement li ǵmādout
Del enorer les messagiers,		D e henozier les meffagiers
Quer molt les deveit aveir chiers ;		Q' i ml't les deueit au'(e) chiers
Por cen lor face mielz assez,	57	P oz ce loz face mieuz affez
Quer de long sunt illuec alez		Q' r loign f't illeuc alez
12a] Ensorquetot et si lor dont		E nfozq'tot & fi loz dont
De seint Michiel de cen qu'ill unt,	60	D e faint michel de fa quil ont

	(661)	
Del roge paille que laissa		D eu roge paile q' il leſſa [19a
Desus l'autel quant dedia,		D eſous l'autel quant dedia
Il et li angles, le mostier,	63	J l & li angres le moſtier
Et del marbre qu'il ont molt chier,		E del marbꝛe quil ot mot chier
Sor quei li angles tint ses piez		S oꝛ quil li angre tint ſes piez
Quant li mostier[s] fut dediez.	66	Qua nt le moſtier fut dediez
Pois qu'il orent assez parlei,		P uis quil oꝛent aſſez parle
Pris a congié et demandei.		P ꝛins a ꝯgie & demande
Li buens abes de seinte vie	69	L i bons abbez de ſainte uie
Si est alei à s'abeïe.		S i eſt ale aſabaie
Li messagier ont sejorné.		L i meſſagiers ont ſeioꝛne
A grant plenté lor ad trové	72	A grant plente loꝛ atroue
Cen qu[e] il sout que buen lor fut		C e q' il ſout que bon loꝛ fut
Et que par dreit faire lor dut.		& q' par dꝛeit fere loꝛ dut
Quant cil ourent assez estei,	75	Qua nt cil oꝛent aſſez eſtei
Si a li abes aprestei		S i a li abbes ap'ſtei
Les reliques honestement		L es reliq's honeſtement
Que il ont quis tant longuement.	78	Quil ont quis tant longuement
De cel seint drap un poi i a		D e cel ſaint dꝛap vn poi ia [19b
Que sor l'autel l'angles leissa		Q' fus lautel langre leſſa
Quant li mostiers fut dedieiz,	81	Qua nt le moſtier fut dediez
Et de cel marbre out tint ses piez;		E de cel marbꝛe ou tint ſes piez
Encore il sunt apareissant		E ncoꝛe iſſut appareiſſant
Li leu des piez, cum d'un enfant.	84	L i leu des piez dun eſſant
Quant cil ourent le seintuaire,		Q ua nt cil oꝛent li ſaintuere
Dist-lor li abes debonaire :		diſt loꝛ li abbes debonere
« Seignors, por Deu or vos preions	87	S eignoꝛs poꝛ deu oꝛ uos prios
Que dès or mais nos entramons.		Q' des oꝛmes nous ētreamōs
12b] Bien devun estre d'une amor,		B ien deuon eſtre dune amoꝛ
Quant tuit servum à un seignor. »	90	Qua nt toz ſerō a vn ſeignoꝛ
— « Si serom-nos mais, se Dex plaist, »		S i ſere nous mes ce dex pleſt
Respondent cil quant il se taist.		R eſpondent cil quant il ſe teſt
Congié ont pris, si s'en revunt	93	C ongie ont pꝛins ſi ce reuot
En lor païs, quant trestot ont		E n loꝛ pais quant treſtot ont
Quant que il ourent demandei,		Qua nq' il oꝛent demande
Et estre cen sunt sojornei ;	96	& il ſe furent ſeioꝛne
Mais en maint leu où sunt venu,		M es en maint leu ou ſ't venu [20a
Cen dit l'escrist que ai veü,		C e diſt leſcrit ǵ ie leu
Dam-le-Deu fist moltes vertuz	99	D amedeu fiſt mainte v'tuz
Por seint Michiel qui est sis druz.		P oꝛ ſaint michel eſt ſon dꝛuz
Maint beal miracle veü unt		M aint bel miracle veu ont
En plusors leus où venu sunt	2	E n pl9oꝛs lieus ou venu ſ't
Li porteor del seintuaire,		L i poꝛteoꝛ deu ſaintueire
Tant cum il furent el repaire.		T ant ǵ il furent en repeire
Douze en i out qui escri[t](z) sunt	5	D ouze en i ot qui eſcriz ſ't

| 10289 | Mont | 17 | S. Michel. | 26876 |

De douze cels qui veū unt.
Assez i out d'autre plusors
Que je ne sei raconter vos;
Quer je ne(l)[s] liez ne nes oï
Ne mais eissi cum jen vos di.
Tant ont alei par lor jorneies,
Que venu sunt en lor contreies;
La merci Deu et seint Martin,
El païs sunt d'Avrencheïn.
Desus un tertre sunt poié:
Donc le mont veient, si sunt lié;
Avis lor est, quant l'ont veū,
Ke novel siecle seit (de)venu.
13a] Veient les monz et les valeies,
Les eves dolces et les preies,
Les bois, les viles, les chasteals,
E le païs qui molt est beals.
Li jorz e[stei](r)t cleirs et serains,
Et li païs ert bas et plains;
Veient la meir et les forez,
Les champaignes et les deserz;
Bones seit lieues environ,
La terre veient à bandon;
Veient le mont et le mostier,
Molt se prenent à mervellier:
Toz ert mué[z] de tel cum fu
A icel jor que sunt meū.
Hosteiz en eirt l[i](e) bruihairez,
Les espines, le buissoneiz;
Li bois esteit trestoz hosteiz,
Et el planistre roëleiz
A val el bas, el pié del mont,
Qui [de] loing lor semblout roont.
En son le mont tot cleir pareit
Cele igliese, qu[i](e) faite esteit;
Deforz esteit tote blanchie,
Vers le soleil molt reflambie.
Maisontz 1 out faites noveles,
Qui de loing perent estre beles.
Quant asseiz ourent esguardei
Et tuit se furent reposei,
Avant enveient i[s](l)naument
Por denuncier lor venement.
13b] La joie fut le jor doublée;
Quer au Mont out grant assembleie

(706)
& douze ceuls qui veu vnt
A ſſez iot dautres pluſoıs
8 Q' ie ne ſei racōter uos
Q' r ie nen leis ne nai oi
N emes ainſi 9 ie uos di
11 T ant ont alei par loı ioınees
Q' ue veuz ſ't en loı 9trees
L a merci deu & ſaint martin
14 A u pais fūt daurenchein
D efus un tertre ſ't poiez [20b
D onc le mont voient & ſ't liez
17 A uis loı eſt quant lont veu
Q' nouel ſiecle ſeit venu
V eient les mons & les valees
20 L es eues doces & les p'ies
Le bois les uilles les chateaus
& le pais qui mot eſt beaus
23 L i ioıs eſteit cler & fereins
E le pais ert bas & pleins
V eient lamer & les foıes
26 L chapaignes & les desers
B ones ſept leues en uiron
L aterre voient abandon
29 V oient le mont & le moſtier
M out ſe pıenent a m'ueller
T out ert mue de tel 9 fu
32 A icel ioı q' ſ't meu
O ſtez en ert le buharez [21a
L es eſpines li biſſounez
35 L i bois eſteit treſtot eſteiz
& en planiſtre roeleiz
A ual en bas au pie deu mōt
38 Qui de loign loı ſēblot ront
E n ſonlemont tot cler paret
C e iglefe qui fetes eſteit
41 D e foıs eſteit tote blanchie
V ers le foleil ml't reflābie
M esons i ot fetes noueles
44 Qui de loign perant etre beles
Qua nt aſſez oıent eſgarde
& tuit ſe furent repoſe
47 A uant en voient iſnelemēt
P oı denoncier loı venemēt
L a ioie fut le ioı doblee
50 Q' r au mōt grant aſſēblee

(751)

De clers, d'evesques, de barons	D e clers de uefq*ues* & de barons [21b
Et de Normans et de Bretons,	& de noımans & de bıetons
Que seint Autberz aveit mandeiz. 53	Q' faint aubert aueit mādez
Li pueples eirt granz assembleiz,	L i peuples ert g*r*ant afēblez
Quer dedier idonc voleit	Q' r dedier idonc voleit
Cele igliese que faite aveit. 56	C el iglefe q*ue* fetes aueit
Grant eirre i out de pelerins,	G*r*a nt erre iot de pelerins
Qui errouent par les chemins;	Q*ui* erreient p*ar* les chenins
Molt veneient espeissement. 59	M l't veneient efpeſſement
Li jorz iert clers et sanz grant vent.	L i ioz ert cler & fans grant vēt
Les meschines et les vallez,	L es mefchines e les valez
Chescuns d'els dist verf ou sonnez; 62	C hecū deus diſt v's ou sonnz
Neis li viellart revunt chantant,	N eis li vellart reuont chatāt
De leece funt tuit semblant.	D e leeſſe font tuit ſēblant
Qui plus ne seit si chante outrée 65	Q*ui* pl9 ne ſeit ſi chāt utree
Et De[x](ls) aïe u afusée.	& dex aie v afuſee
Cil jugleor l'à où il vunt,	C il iugleoz la ou il vunt
Tuit lor vïeles traites unt; 68	T uit loz vieles tʀaites ont
Laiz et sonnez vunt vïelant.	L a ou il ſ't vunt uielant [22a
Li tens est beals, la joie est grant.	L i tēps ÷ bel la ioie eſt g*r*ant
Cil palefrei et cil destrier 71	C il palefrai & cil deſtrier
Et cil roncin et cil sommier	& cil ronſin & ſi ſomi(i)er
Qui errouent par le c(l)[h]emin,	Q*ui* erreient p*ar* le chemin
Que menouent cil pelerin, 74	Q' meneient cil pelerin
De totes parz henissant vunt	D e toutes p*ar*s henniſſant vūt
Por la grant joie que il unt.	P*ar* la grant ioie q' il ont
Neis par les bois chantouent tuit 77	N eis par les bois chāteient tuit
Li oiselet grant et petit.	L i oifelet g*r*ant & petit
14a] Li buef, les vaches vunt muant	L es beus les vaches uōt muiāt
Pa[r] les forez et repaissant. 80	P ar les foıes & repaſſant
Cors et boisines et fresteals	C ozs & bufines & freiteaus
Et fleütes et chalemeals	E fleutes & chalemeaus
Sonnoent si que les montaignes 83	S ōnent ſi q' les mōtagnes
En retintoent et les pleignes.	E n retītoent & les plagnes
Que esteit dont des plaisïez	Q' eſteient dūc defpleſſeiz
Et des forez et des larriz? 86	& deſſoıes & defl*ar*riz
En cels par a tel sonneïz	E n ceux par a tel ſoneiz [22b
Com si ce fust cers acolliz.	C on ce fuſt cerf acolliz
Entor le mont, el bois follu 89	E ntoı le mont de bois foellu
Cil travetier unt trés tendu,	C il tʀauetiers ont tendu
Rues unt fait par les chemins.	R ues ont feit par le chemıs
Plentei i out de divers vins; 92	P lente i ot de diu's vins
Pain et pastez, fruit et poissons,	P ain & paſtez fruiz & peiſſons
Oisels, oubleies, veneisons,	O eſieaus oblees veneiſons

De totes parz aveit à vendre;
Assez en out qui ad que tendre.
Li tref esteient junchié tuit,
Par tot aveit joie et deduit.
Tant ad esré li garz à pié
Que li message unt enveié,
Qu'il est venuz enz el mostier
Qu'en commençout à dedier;
Vait à l'evesque isnelement,
Contei li a delivrement
Quant que li ourent enchargié
Cil qui l'aveient enveié.
Li evesque, quant il l'oït,
A merveille par s'esjoït;
14b] Mais le mestier que il faiseit,
Ne volt leissier, quer dreiz n'esteit;
Ancies enveie isnelement
A cels qu'il vien[ent] belement.
Ceste novele est tost seüe
Em plusors leus et esmeüe.
Endementres que cil en vunt,
Li evesques lor mestier funt;
A drait dient et belement,
Quer del haster n'i a nient.
Del jor i a à grant plenté
Chantei esteit *atolite*,
Les oreisons, la letanie.
En la porte ert la croce oïe.
L'igliese ert jà avironnée
Ses feiz entor et poralée;
Dedenz aveit seint Autbert mis
La croiz od tot le crucefis,
Devant l'autel à genoillons
Aveit jà feit ses oreisons;
L'eve et li vins erent melle(z),
Li seil, la cendre enz jete(z);
Escrit i esteit l'abeiceis
Pa[r] le sablum, qui ert tot freis.
D'un angle à autre en dous langages
L'aveit escrit Autbert li sages
Od la pointe de son baston;
Quer costume est, bien le savum.
Emprès icen prist un bacin,
Et de l'eive mesle od le vin
15a] Que il aveit seintefiée.

(795)
95 De totes pars aueit a uedre
A ſſez en a quí a q' tendre
L i treif eſtoient iòche tuit
98 par tot auet iole & deduit
T ant a erre li garz a pie
Q' li meſſagier ont en voie
1 Qui l est uenu ens en moſtier
Q uen conmecout adedier
V et aleuſq' iſnelement
4 9 te li a deliurement
Qua nt quil i orent en chargie [23a
C il quil la uolent en voie
7 L i euefq' quant il oit
A m'ueille par fes ioit
M es le meſtier q' il feſeit
10 N en uot leſſer q'r dreiz neſteit
· A inceis en veie iſnelement
A ceux quil viengent belemet
13 C efte nouele eſt toſt feue
E mpluſors lieus & efmeue
E ndemetres q' cil en vont
16 L i euefq's lor meſtier font
A dreit dient & belement
Q' r deu hafter niot neent
19 D eu ior ia a grant plente
C hante efteit attollite
L es oreifons la letanie
22 E n la porte ert la rote entree
L iglefe ert ia auironee [23b
S ept foiz entor & poralee
25 D edens aueit faint aub't mis
L acoiz o tot le crucefis
D euat lautel a genollons
28 A ueit ia feit fes oreifons
L eue & le uin eret mellez
L e fel la cendre ens getez
31 E fcrite i efteit labeceis
P ar le fablon qui ert tot freis
D u autre angre en dous lagages
34 L aueit efcrit aub't li fages
O la pointe de fon baſton
Q' r coſtume ÷ bien le fauon
37 E mp's ice prinſt vn bacin
Qui de leue meſlee o vin
Q' il aueit feintefiee

Einz que la cendre i fust plungie, 40	Is que la cedre i fust plungee
Li cresmes fut ouvec meslez.	L icresme fut ouec mellez [24a
Demaneis est o tot alez	D emaneis ieſt toſt alez
Au meistre-autel, si l'a croicié[z] 43	A u meſtre otel ſi la croizez
Od son pouce, que il ad mollié(z);	O ſon pouce qui la moillez
Sus chescun corn une croiz fist	S us checun vene croiez fiſt
Od le segnacle que il dist, 46	O le ſignacle q'il i diſt
Et el mileu, o(d) la croit vit,	E en milleu ou la croiz vit
Del mestre autel en espandit.	D eu meſtre autel en eſpadit
Emprès icen si reprist vin, 49	A p's ice ſi repꝛint vin
Le remanant qu'ert el bacin,	L e remenat q' ert en bacin
Et eve emsemble; sin ala	& eue enſeble ſi ala
Entor l'autel, si l'arosa; 52	E ntoꝛ lautel ſi laroufa
Seit feiz ala tot environ,	S ept foiz ala tot en viron
Tosdiz faisant s'aspersion.	T ot foef fefant ſperſion
Par dedens ra avironnée 55	Par dedens la auironnee
Treis feiz l'igliese et arousée,	T reis foiz ligleſe & arouſee
Primes en bas et puis maien;	Pri mes embas & puis meien
En haut jeta au deraien. 58	E n haut geta au defrein
Les croiz ennoi[n]st qui faites erent.	L es croiz en oint qui fetes erēt [24b
Tot environ lors alumeirent	T ot en uirō (loꝛs) loꝛs alumer't
Les chandeiles et atachierent 61	L es chadeles atachierent
Desus le[s] clous que il fichierent.	D efus les clous q' il ficherēt
Al autel va, ennoi[n]t le(s) ra;	A lautel va en oint lena
Chandele, encens al aluma 64	C handele enſens ſi aluma
Desus le[s] croiz; por l'ognement	D efuz les croiz poꝛ lognement
Poressuier hastivement,	P oꝛ effuier hatiuement
De toailles l'autel vestit. 67	D es toalles lautel vefteit
Quant cen fut fait que vos ai dit,	Q' ceu fuſt feit q' uos ai dit
15b] Molt i out plus de sacrement	M ot i ot dit de facremōt
Que je ne di ici briément; 70	Q' ie ne dit ici bꝛiement
Mais nequedent quant tot fait fu,	M es neq'deit quant tot fet fu
Li evesque s'en sunt iessu;	L ieuefq' ſen ſt iffu
Ornaverunt ont commencié, 73	O ꝛnauer't ont gmecie
Si runt le temple aparellié.	S iront le temple aparllie
Cortines tendent el mostier	C oꝛtines tēdent en moſtieꝛ
Trestot entor cil marruglier, 76	T reſtot entoꝛ cil murrubler
Pailles roëz mestent desus.	P ailes roez metent defus [25a
Quant cen ont fait, si revunt jus	Qua nt co ont feit il reuōt ius
Le cuer portendre et apresteir, 79	L e ceur poꝛtendēt ap'ster
Les cergies mestre et alumeir.	L es cirges metre & alumer
En dementres que il atorn(o)auent,	E ndemētres quil atoꝛneient
Li evesque(s) se raprestauent, 82	L i euefques fe rapꝛeſtoient
Et tuit li clerc et li clerzon, ·	E tot li clerc & li clerion
De faire la procession	D e fere la proceſſion

10239	Mont	21 S. Michel. 26876

A aler contre les reliques.	(585) 85 A aler cōtre les reliq's
Molt i out chapes et tuniques.	M out iot chapes & tuniq's
Li evesque revestu sunt,	L i euefq' reueftu fut
Desor lor chiés lor mitres unt.	88 defus loʒ chies loʒ mitre ōt
Molt refurent bien attornei,	M ot furent cil bien atoʒne
Si cum deveient, li abei;	S i 9 deuoient li abbe
Il n'i a cel croce n'en ait.	91 J l ni a cil q*ui* croce nait
Les croiz, les textes a touz fait	L es croiz les cirges atoʒ fait
Sainz Autbert prendre et atorner,	S aint aub't pʒēdʒe & atoʒner
Si com devei(en)t par ordre aler;	94 S i con par oʒdʒe deueit aler
Li gomfanom sunt mis avant,	L i gonfanō f't mis au vent [25b
Qui d'or esteient flambeiant.	Q*ui* doʒ eftoient flabeant
Dejoste cez li orzul vunt,	97 D e iofte cez li oʒcel vont
Où esteit l'eve; et emprès sunt	O u efteit leue & enpʒes f't
16a] Li chamdelebre, où esteient	L i chandelabʒe ou eftoient
Fichié li chierge qui ardeient.	00 F iche li cirge q*ui* ardeient
Derierre chez l[i](e) texte(s) alöent	& p*ar* emp's la croiz aloient
D'or e d'argent, qui molt pesōent.	D oʒ & dargent q*ui* ml't pefoiēt
Li encensier od tot l'encens	3 L i enfencier o tot lensens
Après erent, si com je pens.	E n pʒes ierent fi 9 ie pens
Tuit li clerzum, qui vestu sunt	T uit li clerion qui vetu f't
De sorpeliz, emprès revunt;	6 D e foʒpeliz emp's reuont
Pois li grant clerc et li chanoine.	P uis li g*ra*nt clerc & li chanoine
Revestu sunt od cez li moine,	R euetuz f't o cez li moine
Les persones et li abei,	9 L es perfones & les abbez
Et li evesque sunt posei	& li euefq's f't pofez
El derreain, pois li baron:	E n defrein fut li baron
Eissi vait la procession.	12 E infi ueit la proceffion
Cez riches dames i alöent,	C es riches dames i aloient [26a
Lor manteals, lor dras traïnöent;	L oʒ mātel loʒ dʒas trainoient
Molt par alöent noblement.	15 M ot p*ar* aloient noblement
Deriere vunt la pouvre gent.	D eriere vont li poure gent
Li clerc cantent à gresillon,	L i clers chātent a grefilon
Desoz chantöent li clerzon.	18 D e foz chanteient li clerion
A Beal-Veier esteient jà	A bel veir efteient ia
Les reliques, où veü a	L es reliq's ou veu a
Uns avegles qui ainz ne vit,	21 V ns aueugles qui onc ne vit
Par la merite, si cum cuit,	P*ar* la merite li 9 ie cuit
De seint Michiel, que il requist	D e faint michel q' il requift
Que sa veüe li rendist.	24 Q*ui* l fa ueue li rendift
La vile out non, au mien espeir,	L a uile ot nō au mien efpeir
Por cest miracle *Beal-Veier*.	P oʒ ceft miracle beauveir
La novele est tant espandüe,	27 L a nouele est tant efpādue
Que une fame i est corüe,	Q' une fame iest coʒue
16b] Qui unc ne vit dès qu'el fut née.	Q*ui* onc ne vit des q'l fut nee

Il erent jà en la valée
Où il n'a or ne meis areine;
Mais donc ert bois et terre pleine.
En-est-le-pas dès qu'el vint là
Et les reliques atocha,
Si vit si cleir que de traitor
Ne li fut puis mestier nul jor;
Neie ert d'Astre, s'en sei de fi.
Dex li a fait molt grant merci,
Et seint Michiel qu'el requereit,
Qui bien veit cleir là où il deit.
Autres enfers i out assez,
De diverses dolors sanez.
Gariz i out tant des fievrous,
Que je(l) nel sei aconter vos.
Li pelerin et li baron
Guerpissent la procession,
Tuit à bien (a)prof por là aler
Où les enfers öent saner;
Tot entor cel[s] granz genz alöent
Qui les reliques aportöent.
Tant sunt alei qu'il sunt venu
Là où erent aresteü
Li clerc et la procession :
Dunc refunt lor estacion,
Aresté(z) sunt enz el chemin;
Grant presse i firent pelerin.
   Saint Autbert out idonques pris
Les encensiers, et l'encens mis;
17a] Le guipellon avant porta,
Que en l'orzuel primes molla;
Les reliques ad arousées
Et en emprès bien encensées
Prises les unt molt liement,
Chantant s'en vunt molt haltement
Dreit al mostier; molt se penöent
De bien chanteir c[il](els) qui chan-
        töent.
De joie vunt alquant plorant.
Molt par esteit la presse grant.
Hastez s'eirent li marruglier
De l'igliese tote junchier
Et d'atorner si cum deveient;
Herbes i out qui bien oleient.
Par les verrignes i entrout
Lors li soleil[s], qui cleir raout.

(930)
30 J l erent ia en la ualee
   O u il na nemes areigne [26b
   M es dōc ert bois & t're pleine
33 E n melei des q'u vint la
   & les reliq's atocha
   Si uit fi cler q' de treftoz
36 N e lui fiſt puis meſtier ioz
   N ee ert daſtre ce feu de fi.
   D ex li a feit ml't grant m'ci
39 & faint michel q'u req'reit
   Qui bien veit la ou i deit
   A utres enfers i ot affez
42 D ediu'fes doloz chargiez
   G ariz i ot tan de fieuros
   Q' ie nen fei acōter uos
45 L i pelerin & li baron
   G uerpiffent la proceffion
   T uit a bien pzeuf poz la aler
48 O u les enfers oient faner
   T ot ētoz ceux grans gens aloient [27a
   Qui les reliq's apozteient
51 T ant ſ't ale quil ſ't venu
   L a ou efteient areftu
   L i clerc & la proceffion
54 D onc loz font loz eftacion
   A reftez ſ't enz en chemin
   Gra nt pzeffe i font li pelerin
57 S aint aub't ot idonq's pzins
     les enfenciers & lenfens mis
   L e guipellon auāt potta
60 Q' n loz feel pzimes molla
   L es reliq's a arofees
   E en emp's bien enfencees
63 Pri fes les ont mot liement
   C antant ſə vōt ml't hautem't
   D zeit au moftier ml't fe penēt
   D e bien chanter fes qui chātent
66
   D e ioie vont auq's plozant [27b
   M l't efteit la pzeffe grant
69 H afte ferent li marrublier
   D e liglefe toute ioncher
   & datozner fi g deueient
72 H erbes iot qui bon fenteient
   Par les verrignes i entrout
   F ozs le folleil qui cler reout

| 10289 | Mont | 23 | S. Michel. | 26876 |

(975)

L[e](i) mostier ourent aorné.	75 Le monftier oıent aoıne
Quant li clerc sunt dedenz entré,	Qua nt li clerc font dedens entre.
Al autel vunt molt liement;	A lautel vont ifnelement
Si meste(i)[n]t sus honestement	78 S i metent fus honeftemēt
Les reliques que il portöent,	L es reliq's q' il poıteient
Et li autre(s) toz diz chantöent.	E li autres toz diz chanteient
Cel jor est molt l'offrende grande,	81 C el ioı eft mot loıfrendre grande
Si cum tens et leu[s] le commande;	S i g tēps & leu le comāde
Unques nul an puis ne falli,	O nq's nul puis ne falli
Ainz dure encor(e), la Deu merci.	84 A ins dure encoı la deu m'ci
Cimetiere firent del mont	S imitiere firent du mont [28a
Li evesque qu(i)' illuques sunt,	L euefq' qui illeuc f't
La messe chantent hautement.	87 L a meffe chātent hautemēt
Molt orguenöent richement	M ot oıgueneent richement
17b]Cil chanteor, quibienchantöent;	C il chanteoı qui bien chāteiōt
Lor bones voiz iluec moströent.	90 L oı bones voiz illeuc moftreiōt
La kiriele fut chantée	L a kiriele fut chātee
Molt docement et orguenée,	M ot docement & oıguenee
L[a](e) gloire aprof et l[i](e) respons	93 L e gl'a & le refpons
Et l'auleluie ès gresillons;	& laullelie a grefillons
La sequence par fut si bien,	L a fequēce par fut fi bien
Que nul[s] n'i sout amander rien.	96 Q' nul ni fout amēder rien
Qui leist l'epistre aveit tunique;	Qui leut lipiftre aueit tunique
Al euvangele out dalmatique.	E leuuāgile domatiq'
Quant i fut leiz, et fut alée	99 Qua nt fut leue & fut alee
Tote l'offrende et fut chantée,	T oute lofrēde & bien chātee
Li evesque s'en sunt issu	L ieuefq' fen ieffu
Si cum il eirent revestu,	2 S i g il erent reueftu
Et [si] vindrent à l'eschalfaut	& fi vindıent aleschaufaut [28b
Qui de mairriens ert fait en haut.	Qui de m'reins ert feit haut
Molt hum(i)lement il sunt monté,	5 M ot humblemēt ift monte
Puis a un[s] d'els bien sermonné.	Puis a vn deus bien farmone
Quant feni out tot son sermon,	Qua nt fine ot tot fon farmō
Si reparole del pardon	8 S i reparla de du pardon
Que li evesque fait aveient,	Q' li euefq' feit aueient
Qui (em)[a]semblé iluec esteient,	Qui affēble illeuc efteient
Par le congié de l'arcevesque	11 Par le cōgie delarceuefq'
Soz qui esteient li evesque.	S oz qui efteient li euefq'
Tresto[z](t) l[i](e) pueple[s] se taiseit,	T reftot le peuple fe tefeit
Qui escoutout cen qu'il diseit;	14 Qui efcouteient ce quil difeit
Asis erent tot environ	A ffis erent tot enuiron
Por escouter bien l[e s]ermon.	P oı efcuter le deu farmō
Quant cen fut fait, si ra mostrei	17 Qua nt ce fut feit fi ra moftree
Seint Autbert cen qu'a enpensé.	S aint aubert ce q' ra ōpōfe

18a] «Seignor(s), fait-il, or m'escolteiz.	(1019)	S egnoɿs feit oɿ en pēſeɀ
Puis que ci [vos ai] (estes) assembleiz,	20	puis q' ci eſtes aſēblez
Par voz conseilz dei bien esreir.		Paɿ voz coſeiz dei bien errer [29a
Je voil cest leu molt ennorer :		J e veul ceſt lieu ml't hēnoɿer
Se vos veiez que ce seit bien,	23	S e uous veiez q' seit bien
Rentes i voil metre del mien ;		R entes i veul meitre deu miē
Doze chanoines i metrai,		D oze chanoines imetre
Et tant de rentes lor dorrei	26	& tant de rentes loɿ donɿei
Que il auront soufeisaument		Q' il auront ſoufeſaument
Trestot icen que à clers apent :		T reſtot ice qua clers apent
Ce iert doaire de l'igliese,	29	C ert doire de ligleſe
Que je ne v[uel que n]uls i nuise		Q' r ge ne veul q' nul inu(i)iſe
Ne ne touge par achaisun		N e ne touge par acheſon
A sient Michiel cest nostre don ;	32	A ſaint michel ceſt noſtre dō
Escrit en ei ensemble(i) od mei		E ſcrit en ai enſēble o moi
De l'apo[s]toile et puis del rei.		D elapoſteile & puis du .roi
Li archevesque bonement	35	L i arceueſq' bonemēt
Et no(s) canoine(s) ensement,		E noz chanoines enſemēt
De la lor part, sanz contençon		D e la loɿ part ſans 9tēcon
Ont otreié bien nostre don ;	38	O nt otrie bien noſtre don
Il le funt, cuit, por seint Michiel,		J l le font tuit poɿ ſaɪt michel [29b
Qui nos metra trestoz el ciel		Qui nos metra tretoz en ciel
Et nos merra en paradis,	41	& nos merra en paradis
Dom il est bien poësteïz.		D ont il eſt biē poſteis
Biens est que vos oiez les donz		B ien ÷ q' uos oiez le dons
Que nos à seint Michiel donrons :	44	Q' nos aſaint michel doɿrons
Genez li doins et Iz ouvec		G enz li donc & iz ouec
Et quant que lor apent d'iluec. »		& quan que loɿ apartient dileuc
Une chape en ad saisie,	47	O une chape en aſaiſie
Qui encore est en l'abeïe.		Qui encoɿe eſt en labeie
18b] Le jor meesme la chapele		L e ioɿ meimes la chapele
Potite e[stei](r)t ; meis molt fut bele.	50	P etite eſteit mes eſtet bɔle
Quant de cest ad (de) tot achevé,		Qua nt de ceſt a tot acheue
Des chanoines lor ra mostré :		E s chanoines en a moſtrei
« Seignors, fait-il, enpensé ai	53	ſegnoɿs fet il ēpēſe ai
Que doze clers chaiens metrai,		Q' doze clers ceenz metre
Tels qui porrunt honestement		T ex qui poɿront honeſtemēt
Servir l'igliese sai[n]tement.	56	S eruir ligleſe ſaɪtemēt
A chels d'Avrenches per(s) serunt,		A tex daurēches pers ſeront [30a
Quer tel ordre cum cil tendrunt		& tel oɿdɿe 9 ſil tendɿont
Voil que cil tei[n]gent ensement ;	59	V eul q' cil tiengent enſement
De Deu servir ne seient lent. »		D e deu ſeruir ne ſeient lent
Sanz demoreir les a nommez		S ans demoɿer les les anomz
Et establiz et ordenez ;	62	& eſtabliz e oɿdenez
Enz en l'igliese les a mis,		E nz en ligleſe les a mis

(1064)

Où il furent puis, ce m'est vis,	O u ifurent fe meft uis
Que il, que lor successions, 65	Q' lor fufcecions
D'anz tel numbre cum nos trovuns	D a ans teus nūbɛe 9 noz trouōs
Qui e[s]t escrit enz ès milliers,	Qui ē efcrit enz ef milliers
Dos cenz cinquante et seit entie(i)[r]s. 68	D ous cenz fiquante & feit ōtiers
Seit cenz et oit, cen retrovum,	S eipt cenz & oit feretrouons
Reirent dès l'Incarnacium	R eirent des licarnatōns
Desqu'à cel an que li cler[c](s) sunt 71	D es qua cel an q' li clers s't
Mis en l'igliese sor le Mont.	M is en liglefe fouz le mont
Quant saint Autbert out fait le don	Qua nt faint aub't ot fet le don
Donc li clerc ourent garison, 74	dont li clerc oɛōt garifon
Les briés ad liez que out od sei,	L i bɛis aleu q' ot o fei [30b
De l'apostoile et [puis] del rei,	D e lapofteile & puis de rei
Qui confermerent, sor defens, 77	Qui confermerēt fox defens
Que hom ne fust meis en nul tens	Q' hons ne fut mes ē nul tōps
19a] Qui de l'igliese ostat les rente(n)s	Qui de liglefe otaft les rētes
Par dons, par gages, ou par ventes. 80	Par don pur gages ne par vētes
Aprof ad confermé son don	A p's a conferme fon don
Par grande constitucium.	P ar grande 9ftuticion
Neis li evesque et li abei 83	N eis euefq' & li abe
Et tuit li clerc l'ont confermé;	& tuit li clerc lont cōferme
Et l'autre gent, soron lor sen,	& lautre gent folonc lox fen
En haute voiz dīent: «Amen!» 86	A haute voiz dient amen
Quant la parole fut mostrée,	Qua nt la parole fut mōtree
Et to[z](t) li pueples l'out graée,	Etot fe peuple lot graie
Si sunt ralé(z) enz el mostier 89	S i f't alez enz en moftier
Chanter la meisse et le mestier	C hanter & fere le meftier
Qui à cel jor aparteneit.	Qui a cel iox aparteneit
Chascuns en fait tant cum il deit. 92	C hecun en feit tant 9 il deit
En treble chantent le Sanctus,	E n treible oient le fanctus [31a
En quinte voiz dient l'Agnus.	E nquinte voiz dient lagnus
Li diacres qui dist ite, 95	L i diacre qui dift ite
Le Missa est a bien finé;	L e miffa eft a bien finé
Molt par le dist acordantment,	M l't par le dit acordaument
Loëz en fut de meinte gent. 98	L oez en fut de meinte gent
Quant la messe est tote chantée	Qua nt la meffe fut tote chātee
Et l'ore aprof refut finée,	& loxe ap's refut fonee
Si vunt mangier communealment; 1	S i uont 9munement
Et saint Autbert molt lïement	E faint aubert ml't liement
Lor ad donné ce qu'il aveit	L ox a done fe quil aueit
Qui à la feste aparteneit. 4	Qui a la fete aparteneit
Il sunt servi si richement	J l f't ferui fi richement
Que nuls n'i a qui 'n groct nïent	Q' nul nia qui groft neent
Ne haut ne bas, quer dolcement 7	N ehaut ne bas q'r docement
Furent servi à lor talent.	F urent ferui a lox talent

(1109)

19b] Quant mangié ourent, si s'en vunt;
Et li doze clerc remeis sunt
Qui mis esteient el mostier;
Dès or(e) ferunt meis lor mestier.
Depart la feste, tuit s'en vunt
Ou molt grant joie que il funt.
De totes parz espessement
S'en veit li pueples lïe(me)ment.
 Or est bien dreis que vos dions
Le jor, le terme que trovons,
Que li mostier[s] fut dedïéz.
Oittouvres ert jà bien mïéz;
Deiz et seit jors entiers aveit,
Si cum l'escrist cil quil saveit,
Tresqu'as kalendes de Novembre,
Qui premiers jorz est, ce me membre.
A icel jor chescun an funt
Encor grant feste cil del Mont.
Icele feste est apelée
La petite par la contrée;
Quer devant cele une autre en funt
Del trovement de l'autre mont
Qui fut trové dedenz Campagne,
Cel que l'en dit Monte-Gargaigne.
 Li chanoine dont ai parlé
De tote rien ourent plenté,
Ne meis d'eve tant solement:
Cele lor coste molt griément;
Quer auques eirent loing del Mont
Coisnum, Seünne, donc poi ont.
20a] Il n'unt fontaigne ne nul puiz
Ne cisterne ne nul reduiz
Où il puissent eve guarder,
Et del Mont ert encor loi[n]g mer.
Seint Autbert seit et veit trés-bien
Que il n'ourent besong de rien,
Fors d'eve dolce senglement,
Sanz que ne püe[n]t vivre gent;
Deu depreia escordement
Et seint Michiel tot ensement,
Que il lor dont d'eve plenté.
En son cel mont, où n'ont chierté,
Od ses clers a fait s'oreison
Par molt grantde devocion;
Il commencha oreir eissi

10 & li doze clers remeis font
Qui mis eſteient en moſtier [31b
D eſoʒ mes ferõt loʒ meſtier
13 D e part la feſte tuit ſen uont
O ml't grant ioie q' il font
D e totes eſpeſſement
16 S en ueit le peuple liement
O ʒ eſt bien dʒeiz q' nos dions
 le ioʒ le terme q' trouons
19 Q' li moſtiers fut dediez
O ctoures ert foʒment meiez
D eiz & ſept ioʒs entiers auet
22 S i *g* lescriiſt cil *qui* ſaueit
T res q*u*as kalendes de nouẽbʒe
Qui pʒimiers ert ſe mẽbʒe
25 A icel ioʒ checun an font
E ncoʒ grant feſte cil deu mõt
J celle feſte ẽ apelee
28 L a petite p*ar* la contree
Q' r deuant celle une aut*re* font [32a
D el trouement de laut*re* mõt
31 Q*ui* fut trouee dedens chãpaigne
C el q' len dit monte g*ar*gagne
L i chanoine dont ai p*ar*lei
34 D e tote rien oʒent plente
N e mes deue tant ſolement
C elle loʒ coſte mot griemẽt
37 Q' r auq's erent loign deu mõt
C oeſnõ ſeune dũc poi ont
S i nont fonteine ne nul puiz
40 N e ciſt'nes ne nul reduiz
O u il puiſſent eue g*ar*der
& del mont' oʒt encoʒ loign mer
43 S aint aub'l ſeit & ueit tres biẽ
Q' il noʒent beſoign de rien
F oʒs deue doce ſẽglement
46 S ans q' ne peuvent viure gent
D eu depʒia eſcoʒdʒement [32b
& ſaint michel tot enſement
49 Q' il loʒ dont deue plente
E n cel mont ou na chit'e
O ſes clers a feit oʒeiſon
52 P*ar* ml't g*ra*nde deuocion
J l comẽſa oʒer eiſſi

(1154)

Cum je dirrai jà briément ci :	𝑔 ie direi bꝛiement ici
« Si vereiment cum el desert	55 S i vꝛeiment 𝑔me en defert
Salli l'eve tot en apert	S alli leue tot en apert
De la peirre qui dure esteit,	D e la pierre qu*i* dure efteit
Li pueples but qui sei aveit ;	58 L i peuple beut qu*i* seif aueit
Si vereiment par charité	S i vꝛeiment p*ar* charite
D'eve nos donne, Dex, plenté	E ue nos done dex a plente
En son cest mont, où poi en a. »	61 D edens ceſt mont ou poi ē a
Quant ce out dit, si se leva ;	Qu*a* nt ce ot dit fi ce leua
Ne demora puis q'un petit,	N e demoꝛa puis q' vn petit
Si cum jel truis el livre escrit,	64 S i 𝑔 ie truis en liure efc*ri*t
Que l'angles vint, si li mostra	Q' langre vint fi li moſtra [33a
Une pierre que il cheva,	U ne pierre q' il caua
Donc eissit eve à grant plenté,	67 D ont iffi eue g*ra*nt plente
Qui meint malade a puis sané ;	Q ui maint malade a puis fane
20b] A maint feivros fut saluable,	A maint frieurous fut faluable
Si reirt à beivre delectable.	70 S i ert a boire delectable
Alquant malade qu(i)' en beveient,	A ucuns malades qu*i* en beuoient
Sanz demoreir santé aveient.	S ans demoꝛer fante auoient
De seint Michiel molt ennoreir	73 **D** E faint michel ml't enoꝛer
Et de cel leu bien atorneir	& de ceul leu bien atoꝛner
S'est saint Autbert penei tos dis,	S eſt faint aubert penei toz dis
Tant cum vesquit poësteïs.	76 T ant 𝑔 uefcut pofteis
Nient il sols ne l'enorout ;	N ient il fouf ne lanoꝛout
Mais mainz autre qui Deu amout.	M es maint autre qu*i* deu amout
Plusors miracles Dex i(l) fist	79 P lufoꝛs miracles dex ifiſt
Par sa grace que lor tramist.	P ar la grace q' loꝛ tramiſt
Quant saint Autbert fut de grant tens,	**Q** uant faint aubert fut de g*ra*nt tēs
Et li troubla del cors li sens,	82 & li trobla deu coꝛps le fens
A Avrenches, en sa cité,	E n aurenches en fa cite
Li prist seis mals et s'enferté ;	L i pꝛinft fes maus & fēferte [33b
Malade[s] fut et angoissous,	85 M alade fut & anguoiffos
Morir se crient tot à estrous :	M oꝛir fe creint tot a eſtros
Ses clers manda communement,	S es clers manda cōmunem't
Si lor preia molt dolcement	88 S i loꝛ pꝛeia mot docement
Que ses cors fust au Mont portez,	Q' fon coꝛps fuft au mont poꝛte
Et sepeliz et enterrez	E nfeueli & enterre
En un mostier de seint Perron.	91 E n vn monſtier de faint perrō
Ancie[n]z eirt, de grant reison :	A nciens ert de g*ra*nt refon
Il saveit bien, et veir esteit,	J l fauet bien & ver eſteit
Que Dex cel leu molt chier aveit ;	94 Q' deu cel leu ml't chier aueit
Et [que] c'esteit nis sa chapele,	& ce cefteit neis fachapele
Quant il faiseit s'ouvre novele.	Qu*a* nt il fefet feuure nouele
Il sout trés-bien certeinement	97 J l fout tres bien c'tainemēt
Qu'il ne guarreit de cest neient.	Q' ne garret de ceft neent

21a] A grant peine l'otrei(z) li funt   A grant peine lotrei li font
Que, quant iert mor[z](t), là   00 Q' quant ert mort la lenforront
  l'enforrunt.
Aprof requiert que il seit enoi[n]z,   A p's requiert quil feit en oinz
Quer sa mort seit que n'est pas loi[n]gz.   Q' r fa mort feit q' neft pas loiginz
Les persones qui iluec furent,   3 L ef perfones qui illeuc furent [34a
L'ont enoilié si cum il durent.   L ont en lie figme durent
  Ne demora se petit non   N e domora fe petit non
Emprof ceste peticion,   6   empres cefte peticion
Cel enferté tant le greva   T el enferte tant le greua
Que de cest siecle trespassa.   Q' de ceft fiecle trefpaffa
Es ciels en est l'ame portée,   9 E s ciex en eft lame portee
Seint Michiel l'a bien aloée: S aint michel la bien aloee
Buen le servi ce m'est avis,   B on le ferui fe meft auis
Quer il l'a mis en paradis.   12 Q' r il lamis sparadis
Rés et lavez et sepeliz   R eis & leueiz & feueliz
En est l[i](e) cors ou molt grant criz. E n eft le cors o ml't grans criz
Tuit si ami plorent forment,   15 T ouz fi amis plorent formet
De pitied d'els à plus de cent   D e pitei deu a pl9 de cent
En esteient li oil lermant,   E n efteient li eul lermant
De deul plorent neis li enfant.   18 D e deul plorent tot li enfat
Jà ne reïst qui iluec fust,   J a ne rifift qui illeuc fuft
Por nule joie qu'il eüst;   P our nulle ioie q' il euft
Einz l'esteüst de doel plorer   21 A inz lefteuft de deul plorer
Que il veïst là demener.   Qui iueift la demener   [34b
Li chanoine ont le cors vestu   L i chanoine ont le cors veftu
De toz les dras que ordres fu: 24 D e touz les dras q' ordre fu
Rocheit, braies, cauces, sçandales,   R ochet braies chauces fandalef
Albe et emit, pareiz de pailes,   A ube & emit parez de pailes
Fanum, estole et domatique,   27 F anon eftole & domatiq'
Ganz, anel d'or; une tunique,   S ans anel dor vne tuniq'
21b] Chasuble ront, mitre à orfreis;   C hafuble ront mitre a orfrais
Croce li mistrent demaneis   30 C roce li miftrent demaneis
Desoz les mains, que out croizies,   D efus les mains q' ot croifees
Desus le peiz dreites colchies.
N'i out rien d'or, einz fut d'ivoire   33 N i out rien dor als fut diuere
Li crocerons tallié trifiere.   L i croicerons tallie trefiere
  Quant issi l'ourent revestu,   Qua nt einffi furent reueftu
En la biere l'ont esta[n]du.   36   En la biere lont eftendu
Un paile mestent sor la biere,   V n paile metent fus la biere
Que nel descuivre vent qui fiere;   Q' nen defq'uure vent q' ifiere
Et de desoz fut li suaire   39 & de de foz fut le fueire
D'un drap ciréd sor le viaire.   D un drap cire fus le uiere
L'eve et la croiz (s)unt aportez,   L eue & la croiz f't aportez
Et les cierges touz alumez;   42 & les cirges touz alumez   [35a
L'encens est prest, encensei l'unt.   L encens eft preft encenfe lot

(1244)

Emprof icen commencié unt
Le servise qui apendeit
A seint Autbert, qui mor[z](t) esteit.
Quant li servise[s] fut finez,
Et li cors fut bien attornez,
Ordeinent la procession.
Li major clerc et li clerjon
Le cors metent fors de l'igliese,
Tels persones que l'en molt priese;
Et defors l'unt pris et porté
Quatre baron par la cité.
Par les rues espessement
Crient et plorent povre gent,
Molt par maldïent icel jor
Que il perdent lor bon pastor :
22a] Il les guardout et defendeit ;
Quant il jugout, il jugout dreit ;
Jà por loër ne desveast
De jugement que il jugast ;
Il se teneit od verité,
Si eschivout la fausseté ;
As malades, as encbartrez
Esteit li suens toz dis privez ;
Il-meïsmes, quant il saveit
Où en langor pouvre geseit,
Visitout-lei molt dolcement,
Si(e)l confortaut benignement ;
Et en aprof, quant se tornout,
De sa sustance li leissout.
A tote gent eirt molt amables,
Simples et dols et enorables ;
Il esteit peire as orfenins,
Si reist ostes as pelerins ;
Il esteit piez as esclopez,
Et si eirt oil[s] as essorbez.
La pouvre gent, que il norrisseit
Comme buens peires faire deit,
Aünez sunt entor la biere,
Torner la volent tuit ariere ;
A grant peine l'ont retenüe
Li chanoine, que descendüe
Ne l'a cil pueples ob le cors.
A la parfin sunt eissu fors
De la cité, puis si s'en vunt
Le dreit chemin desques au Mont.

E mp's ice conmēſei ont
45 Le ſeruiſe qui apendeit
A ſaint aubert qui moꝛt eſteit
Qua nt le ſeruiſe fut finez
48 & le coꝛs fut bien atoꝛnez
O ꝛ mainent la pꝛoceſſion
L es greignoꝛs clers & li clerið
51 L e coꝛs metent hoꝛs de ligleſe
T iex persones q' len mot pꝛiſe
& de hoꝛs lont pꝛins & poꝛte
54 Q uatre barons par la cite
P ar les rues eſpeiſſement
E rrent e ploꝛƀt poure gent
57 M l't par maudient icel ioꝛ
Q' r perdu ont loꝛ bon ſeignoꝛ
J l les gardeit & defendeit
60 Qua nt il iuiout il iuiout dꝛeit
J a poꝛ loier ne deſuoiaſt [35b
D e iugement quil iugaſt
63 J l ſe teneit o uerite
S i eſchiuot la faucete
A s malades as enchartrez
66 E ſteit le ſuen toz dis priuez
L i meimes quant il ſaueit
O u en languoꝛ poure geſet
69 V iſetot le mot docement
E emp's quant ſen toꝛnot
72 D e ſa ſubſtace loꝛ leſſot
A totes gens ert mot amableſ
S imples & douz & henoꝛables
75 J l eſteit pere eſ orfelins
S i ert oſtes eſ pelerins
J l eſteit piez aſ eſclopez
78 & ſi ert ieuz aſ eſſoꝛbez
L a poure gƀt quil noꝛriſſet
₉ me pere fere deueit
81 A vnez ſꞇt entoꝛ la biere [36a
T oꝛner la veulent tuit arrere
A grant peine lont retenue
84 L i chanoine que deſcƀdue
N e la cil peuple o le coꝛps
E n la parfin ſ't ieſſu foꝛs
87 D e la cite puis ſi cen vont
L e dꝛeit chemin deſq's au moꝛt

22b] De totes pars aldent gent
Après le cors espessement;
Unc d'Isra[e]l ne fut graignors
Li dels jadis fai[z](t) ne li plors,
Que de cestui; quer(t) cist de là
Seitante jorz et seit dura ;
Mais cil de ça dura toz dis
A la vie de ses amis.
Il out de là maint instrument;
Mais de chà n'out fors plourement.
Li deuls de là ressemblaut feste;
Mais cist de chà pareit tempeste.
Alei unt tant qu'aresteü
Prof del Mont sunt et descendu.
Li clerc del Mont à grant enor
Vienent receivre lor segnor ;
Il en eirent si adolé
Que rien en haut n'i out chanté.
Amont le portent tesaument;
Qui chanta rien, dist belement.
Dedenz l'igliese Seint-Perron
Metent la biere od le baron.
De fors esteit la presse espeisse.
Li clerc dedenz chantent la messe.
Entretant est la fosse faite,
Fors l'igliese est la terre traite.
Quant li clerc unt dit le servise,
Enfoï l'unt en itel guise
Comme l'en deit evesque faire ;
Il ne fut pas mis emmié l'aire,
23a] Anciez fut mis enz el chancel.
En un sarcoul chevé, molt bel,
Desoz l'autel enterrei l'unt;
Li pié de lui de defors sunt.
Issi fut mis que en sum estout
Li chapeleins, quant il chantout.
Quant seint Autbert fut enterreiz,
Tou[z](t) li pueples s'en est aleiz.
Li chanoine unt lors esguardei
Que chascun jor i ait chantei
Messe, matines et servise;
Establi l'unt par itel guise
Que chascun[s] d'els i aut son tor,
Sa semeine faire, ou son jor.
Par semeines graanté fu,

(1289)
De totes pars aloient gēs
90 A p's le corps efpeiffement
O nc de ifrael ne fut gregnors
L i deuls iadis fet ne li plors
93 Q' de cetui . quer cil de la
S eptante iours & feipt dura
M es cil de ca dura toz dis
96 A la uie de fes amis
J l ont de la maint inftrum't
M es deca nont que ploremet
99 L i deul de la refèblot fefte
M es ceft de ca paret tapefte [36b
A lez ft tant q' areftuz
2 S unt pres deu mot & defcöduz
L i clerc deu mont a grant honor
V ienent receiure lo feignor
5 J l en erent fi adole
Q' rien en haut niot chate
A u mot le portet tefament
8 Qui chanta rien dift belement
D edens liglefe de fait perro
M etent la biere o le baron
11 D ehors la preffe fut efpeffe
li clers dedens chatet la meffe
E ntretant eft la foffe fete
14 H ors de liglefe la t're ō treite
Qua nt li clerc ont dite la meffe
E n foy lont en itel guife
17 ϱ me len deit euefque fere
J l ne fut pas mis en lere
A infes fut mis ens en chancel [37a
20 E n .i. farquoul tailo ml't bel
D efor lautel enterre lont
L e piez de lui de de hors ft
23 E iffi fut mis defus ceftout
L ichapeleins quant chatout
Qua nt feint aubert fu enterrez
26 tot li peuples feneft alez
L i chanoine ont los efgarde
Q' checun ior iait chante
29 M effe matines & feruife
E ftabli lont par itel guife
Q' checun deus iaut fentor
32 S a femeine fere & fon ior
T ant q' ϱfeil bon & leal

| 10289 | Mont | 31 | S. Michel. | 26876 |

(1334)

Et encor est issi tenu.
Miracle sunt maint avenu
Por seint Autbert, puis que
   mor[z](t) fu.
Li chanoine, qui cen ve[e]ient,
Porpense[nt] sei que faire deient; 38
En une fiertre honestement,
Qui couverte eirt d'or et d'argent,
De l'evesque metront le cors,
Que osteront del sarqeu fors.
Conseil en vunt et congié querre
A l'archevesque de la terre
Et al segnor qui eirt en France,
Que faite en fust graignor oiance;
Aprof ont levei le cors seint,
Si i guarirent enfer(s) maint.
23b]Puis l'ont enclos enz en la chasse,
Où argent out et d'or grant masse; 50
Mais ne le chief ne le braz destre
N'i voldrent-il pas leissier estre,
Por porter as processions
Et por mostreir-les as barons
Qui vendreient à haute feste,
Et le pertus qu'ert en la teste.
  Quant l[i](e) cors seint fut alöez,
A seint Michiel en fut portez;
Desus l'autel la chasse ont mise, 59
Molt richement li ont assise.
Espessement fut puis requis
De malades, jel vos plevis; 62
Et guaires nul n'en n'i aveit
Qui cen n'eūst que il quereit,
Se par bone devocion 65
Il faiseient lor oreison,
Par la preiere seint Autbert
Et seint Michiel, qui à Deu sert. 68
  La merci Deu, de cest avum
Si trait à chief cum nos devum :
Or redirom, se Dex le veut, 71
De qui toz biens venir nos seut,
Com li chanoine ostez en furent
De lor choses, qui encor durent; 74
Et comme i(l) furent mis li moine,
Par cui main, par cui testemoine,
Qui conferma que il i fussent, 77
Qui mist les rentes qu'il eüssent.

J ot moſtier parrochial
35 M iracles ſt mainz auenz
P oɿ faint aubert puis q' moɿt fuz

L i chanoine qui ce veient
P oɿpenſe le q' ſe deient [37b
E n vne fierte honeſtemēt
Qui couu'te ert doɿ & dargent
41 D eleueſq' metront le coɿps
Q' hoſterēt sarq'u hoɿs
C onceil en vont & gɡie q'rre
44 A larceueſq' de la t're
& au feignoɿ qui ert en france
Q' feite en fuſt greignoɿ oiāſe
47 A p's ont leue le coɿps faint
S i y garirent enfer maint
P uis lont encloz ēmilachace
50 O u argent ot & doɿ grant maſſe
M es ne le chief ne le bɿas detre
N n vodɿent pas leſſer etre
53 P oɿ poɿter as proceſſiōs
& poɿ moſtrer les aſ barōs
Qui i uēdɿont a haute feſte
56 & le pertus quert en la teſte

L a deu merci de cest auon [38a
S i treit a chief ɡ nos deuon
O ɿ redirō ſe dex le veut
D e q'i tot bien venir nos feut
ɡ li chanoine oſtez en furent
D e loɿ chofes qui encoɿ durēt
& ɡ i furent mis li moine
Par qui main par qui teſtemoine
Qui ɡferma q' il ifuſſent
Qui l miſt les rentes quil euffent

INCIPIT LIBER SECUNDUS.

24a] Es croniques escrit ce truis,
.Viij.c. anz et seisante seis
Erent tuit passé et coru
Dès puis icen que Dex ne[z] fu
De ci que là que od navile,
Ou grant gent, od ne sai quant mile,
Ariva Rous en Normendie
De Danemarche que out guerpie;
Par Seigne entra noant amont,
Vint à Roan desques al pont,
Amunt l'eve a la vile assise,
Soupris les out: por cen l'a prise.
Unques n'i out lancié ne trait,
Si unt od lui plait de pais fait.
Quant de la vile saisi[z] fut,
Le païs a tout commeü;
Receit out buen, si guerreia,
Tote la terre essilla.
Il art viles, bors et chasteals,
La gent ocist à tropeals.
Il n'i remeint clers ne chanoine[s],
Nonain velée, enclus ne moine[s],
Se il l'atent, qu'il ne destruie
Et ad grant hunte nel deduie.
Les almosnes essille et art,
Et des mostiers refait essart.
Tant par est crient cis aversiers,
Que tuit s'en fuient à milliers;
La pouvre gent de cele terre
Lors guarisons vunt aillors querre.
24b] Quant de gastei out Normendie,
Demaneis ad France envaïe;
As Franceis fait molt gran[z](t)
damage(i)s,
As plus riches fait (molt) granz
outrage(i)s,
Em plusors leus France destruist,
Par assummeit Chartres assist.
Là de la mort garant n'eüst
Li homs que il aconseüst.
Totes les fames que il trouvout
Et les enfanz à mort livrout.
Tot autretel si homme funt,
Plus que foudre cremu tuit sont.

---

80 E f coniq's efcrit truis
   viii. cenz anz feiffante & fies
D es ice q' dex ne fu
E rent tuit paffe & coru
83 D e ci q' la q' o nauire
O grans gens ne fay quanz mile
A rriua rou en normēdie
86 D e danemarche quout guerpie
Par feine entra naiant au mont
V int a roen defq's au pont [38b
89 A mont leue alauile affife
S oupzins les a pource la prife
O nques niot lance ne treit
92 S i ont o lui pley de pez feit
Qua nt de lauile fefi fu
L epais a tot ǵmeu
95 R eceit ot bon fi gerreua
& toute la terre effila
J l art bours viles & chateax
98 L a gent ocift a tropeax

1

L es aumofne effile & art
4 & des moftiers refeit effart

7 L a poure gent de celle terre
L oz garifon vont alloz q'rre
Qua nt degaste out normēdie
10 demaneis a frāce envaie

13 E n plufors lieus la deftruit
Par en fonmet chartres affift
J a de fa mozt garant neuft [39a
16 L i home quil agoeuft
T outes les fames q' il trouont
E li enfanz a mozt llurout
19 T out autrefi fi home font
P 19 q' foidze toz cremuz ft

| 10289 | Mont | 33 | S. Michel | 26876 |

(1421)

Abassiée a France et folée,
Por un petit ne l'a gastée.
Sanz recouvrier destruiete fust,
Si grant pitié Dex n'en eüst;
Mais dam-le-Deu la reguarda,
Qui cel tiran tost refrena.
Uns archevesques à cel tens
Ert à Roein, de molt grant sens,
De bon conseil; Franc aveit non
Et eirt de grant religion,
Par quei il eirt de Rou si bien
Que nel cremeit de nule rien.
Plusors feiz le chousout,
Que nuls altres faire n'osout;
Des ocises que il faseit
Li sermonnout, si li pleiseit.
Al archevesque molt pesout
Que Rou[s] de mal si s'entesout;
25a] Veiet le mal, la deablie
Que Rous faiseit par Normendie
Et par trestote la contrée,
Si cum ele ert et longue et lée:
Donc vint à lui, si l'apela;
Molt dolcement ce li preia,
Que pais feïst od les Franceis,
Qui li ourent mandei anseis
Qu'il l'emparlast, grant ne petit,
Les convenanz par un escrit
Qu'o Rou(s) ferunt por pais aveir.
Il s'en repeine à son poier;
Tant le proia que veincu l'a.
Aprof icen receü a
Del rei de France Normendie;
Si huons en fut, puis li afie
Que toz dis mais paiz li tendra.
Par ensommet li otrea
Kalles Bretagne, ce m'est vis,
Tant qu'estorez fust sis païs.
Li archevesque[s] pas ne(c) cesse
D'aler à Rou, et molt l'apresse,
Tant com est joenvres, aïnz que
    moire,
Que il receive bautestiere.
Tant li a dit et sermoné
Que il a pris crestienté.

22 A baſſie a france & afolee
   P our vn petit ne la gaſtee

25 M es damedeu la regarda
   Q*u*i cel tirant tout refrena
   U n arceuefq' acel temps
28 E rt aroen de ml't grant tēps

31

34
   D es ocifes q' il fefeit
   L i farmonet fi li plefeit

37

   V eeit le mal & la diablie
40 Q' rou fefeit par noɹmēdie
   & par tretote la contree
   S i ɡme el ert longue & lee
43 D onc vint a lui fi lapela
   M l't docement il le pɹeia   [39b
   Q' pez faift o les frāceys
46 Qui li oɹent māde ainceys
   L es conuenans quɑrou feront
   D oɹre en auant & pez auront

49

   T ant le pɹeia q' veincu la
52 A pɹes ice receu a
   D eu rey de france noɹmēdie
   S e hons fut . puis li afie
55 Q' toɹioɹs pez li tendɹa
   P ar enfonmet li otria
   C halles bɹetaigne ce meſt auis
58 T ant q' eftoɹez fuſt fon pais
   L arceuefq' pas ne ceſſe
     daler a rou & ml't len p'ſſe

61

   Q' il pɹenge creftiōte
64 T ant li a dit qua feit fon gre

	(1465)	
Uns quens de France le leva		U n quēs de france le leua
Et son dreit non li emposa.		D o꜡e en auant robert nō a
Cil qui esteit *Rous* apelez,	67	
Dès or meis est *Robert* nummez.		
25b] Ses hommes toz bautizier fist,		S es homes toz bautifer fiſt [40a
Tant lor preia et tant lor dist,	70	T ant lo꜡ p꜡ea & tant lo꜡ diſt
A l tierz jor que out crestïenté.		A utiers io꜡ q' ot creſtiente
Seint-Michiel a trés-bien fiufé,		S aint michel a ml't biē feſte
Les iglieses ra estorées	73	L es igleſes a ˛reſto꜡es
Que arses out et dissipées,		Q' arſes auet & deſſiples
Leis et dreitures establi,		L es & d꜡etures eſtabli
Bretons ad armes devenqui.	76	B ꜡etons o armes deveinq*ui*
Gille, sa fille, li donna		G ille ſa fille li dona
Kalles le reis, Rou prise l'a;		C halles le rey rou p꜡inſe la
Puis qu'ot od lié Robert jeū,	79	P uis q' ot olei robert ieu
Morte la dame sanz heir fu.		M o꜡te la dame ſans er fu
Fille le conte de Seint-Liz		F ille le cōte de ſaint liz
Reprist aprof, s'en out un fiz.	82	R ep꜡int emp's ſen ot vn fiz
Il l'aveit jà anceis eūe(e),		
Quer à Baieues l'out tolūe(e);		
Pope aveit non la dameisele.		85 P oupe aueit nō la damoiſele
Il l'ama molt, quer ele ert bele;		J l lama ml't q'r el ert bele
Et li enfes out non Guillalmes,		L i enfes auet nō guillaumes
Il n'out plus bel en dous realmes.	88	J l not pl9 bel en ˛ıı. reaumes
Icist Kalles qui fille il prist,		
Ne fut pas cil qui nos conquist		
Bascle, Navarre et Alemaigne,	91	
Et trespassa les porz d'Espaigne;		
Einz fut uns autres qui fut puis:		E ins fut vns autres qui fut puis
Kalles Simples out non, cen truis.	94	C hales ſıples ot nō ce truis [40b
Puis que Rou[s] fut fait crestïens,		
Vesquit cins anz et fist molt biens:		V eſq*ui*t cinc anz & maıt biens
Seint Iglise molt essauça,	97	S ainte igleſe ml't eſſauca
Ferme justise tenu a,		F erme iutiſe tenu a
26a] De Guillalme son heir a fait		D e guillaume ſon her a feit
De ses terres où que les ait;	00	D e ces t'res ou q' le ſeit
En son vivant, de son barnage		E n ſon viuant de ſon barnage
Fist à son filz prendre l'ommage.		F iſt a ſon fiz p꜡ēd꜡e homage
Rous esteit vielz quant il morut;	3	R ou eſteit vieuz-qu*a*nt mo꜡ut
Dedenz Roein enfoïz fut,		D edens roen enſoız fut
Enz el mostier de Nostre-Dame:		E nz en moſtier de n're dame
Je espeir bien, salve en est l'ame.	6	J e eſper biē ſauue eſt ſame
Emprès sa mort tuit li barnage		E mp's ſa mo꜡t tot li bernage
Servent Guillalme [comme] (qui ert) sage;		S eruent guillaume ⱸe ſage
Bien mostra qui filz il esteit,	9	

| 10289 | Mont | 35 | S. Michel. | 26876 |

(1510)

As riches faiz que il faiseit.	
A Deu auant, et puis à gent,	
Amer se feit communement;	12
Bretons veinquit et essilla	B ıetons veıquit & eſſila
Le conte Alain, qui commencha	L e conte alain qui comēca
Vers lui folie et grant forfeit,	15 V' s lui folie & grant foıfeit
Por cen par mer fuiant s'en veit;	P oı ce par mer fuiant ſen veit
Bretons aveit fait reveler	B ıetons auet fet reueler
Et vers Guillalme mesmener.	18 & u's guillaume treſmuer [41a
De bataille Riol chaça,	D elabatalle rou chaca
Od treis cenz hommes que il a.	O treis cenz homes q' il a
Riouls en out molt grant plenté.	21 R ou en ot ml't grant plente
Ceste bataille fut el pré	C ete balle fut empıe
Qui encor ore apelé est	
Prei de Bataille; por sol c'est.	24
Le rei de France Loouis	L erei de frāce loys
Mist en son regne, ce m'est vis,	M iſt en ſon regne cemeſt uis
Une altre feiz, quel revoleient	27 V ne autre foiz q' reueleient
Chacier Franceis, cil quil haſe|ient ;	C hacer frāceis cil qui haient
26b] Al rei Henri d'oltre le Rin,	A u rei henri dotre le rim
Quil voleit faire à se[i] aclin,	30 Q' voleit fere a fei aclin
Le racorda par son saveir,	L e racoıda par ſon fauer
Et ferme paiz li fist aveir.	& ferme pez li fiſt auer
Lohier, son filz, de fonz leva,	33 L ochier ſon fız de fonz leua
Qui France puis lui gouverna;	Qui frāce puis li gou'na
Maint autre fait encor refist,	
Si cum l'estoire de lui dist.	36
Aprof icen se porpensa	A p's ice ſi poıpenca
Que devenir moine voldra;	Q' deuenir moine vodıa
Enpensé jà trestot l'aveit	39
Dès ques sis peres Rou[s] viveit.	
Por tost aleir al moniage,	P oı toſt aler aumoniage
Asemblei ad tout son barnage;	42 A ſēble a tot ſon bernage
Richart, son filz, lor a livré.	O uec ſa terre richart ſon flz
De sa terre l'a herité,	L oı a liure ames toz diz [41b
Seignor lor donne à son vivant.	45
Hommage funt tuit à l'enfant.	O mage font tuit alēfant
Ne vesquit gaires longuement,	N e ueſqit gaires lōguement
Puis que il fist cest donnement ;	48 P uis q' il ot fet ceſt doncmēt
Quer lui avint tele aventure,	
Qui molt li fut et pesme et dure :	
Li quens de Flandres le manda	51 L i quens de flandıes le māda
A parlement, où il ala.	A u palemēt ou il ala
Ce fut Elnol, si cum leison;	C e fut ernol ſi gleiſon
Le [duc] (conte) a mort par traïson.	54 L i dus amoıt par traiſon

(1555)

Quant ocis fut, à plorement	Qua nt ocis fut o ploʒemēt
En aportent le cors sa gent.	E n apoʒterent le coʒps fagent
Une petite clef aveit	57 V ne petite cleif aueit
A son braioel, qui i pendeit;	A fon bʒeyer qui i pendeit
27a] D'un escrin ert, qui li gardot	D un efcrin qui li gardot
Une cole, que fait faire out.	60 V ne cole q' fet f'e ot
Donc moine[s] fust procheinement,	D onc moine fuft p'chenemōt
Si reparast del parlement.	S i reparaft deu palement
En l'iglise Seinte-Marie,	63 E n liglefe fainte marie
Dedenz Roein, ce dit sa vie,	D edens roen ce dit fa uie
L'ont enfoï molt chierement :	L ont enfoy mi't chierement
L'ame en seit salve al jugement !	66 L ame feit fauue au iugement
Tant out Richart puis anemis	
Que sis peires li fut ocis,	
Que ennoi[s] sereit del escolter,	69
Se jeis voloie toz numbrer.	
L[i](e) re[is] de France Loüis	A fon fiz fut grans anemis [42a
Ert sis plus riches ennemis.	72 le rey de france loys
Honte sereit à raconter	H onte feret a acōter
Comme il le fist prendre et garder,	9 il le fift pʒendʒe & garder
Et toz les mals que fait li a,	75 & toz les max q' fet li a
Et com li enfes s'en embla.	& 9 li enfes fen embla
Li quens de Flandres le haict,	L i quens de flādʒes le haiet
Qui par trestot mal li teneit;	78 Qui par treftot mal li teneit
Al rei loout qu'il [l']joceïst	A u rey loout quil locifift
Ou essillast ou destruïst.	O u les fillaft ou deftrufift
Jei espeir bien que creü fust,	81
Si un petit al rei leüst;	
Mais li enfes li fut emblez,	M es li enfes li fu emblez
Par grant engien en fut portez.	84 P ar granz enginz & enpoʒtez
Puis que li reis sout que Richart	P uis q' le roy fout que richart
Li ert emblez; d'ire tot art;	L i ert ōblez dire tout art
De maltalent est si espris,	87
Por un petit n'errage vis,	
27b] Il l'a mandé et remandé;	J lla mande & remāde
Mais por nient s'en est pené :	90 M es poʒ neient fe neft pene
Il ne l'aura meis em ballie,	J a ne laura mes emballie
Ce dïent cil de Normendie.	C e dient cil de noʒmēdie
Lors le guerreie fierement;	93 L oʒ le guerroie fierement
Cil se defent hardïement,	C il fedeffent hardiement
De mainte part guerre li sort,	D emainte part guerre li foʒt [42b
Et dam-l[i](e)-Deu[s] bien le secort.	96 M es damedeu bien le fecoʒt
De l'une part l[i](e) quens Teibalt,	D e latre part le q'ns tebaut
Cil de Chartres, forment l'asaut;	cil de chartres formēt laffaut
De l'autre part rejs Loüis;	99 D elatierce fes anemis

(1600)

De la tierce sis enemis,	E n latre part le rei lois
Le quens Ernol, par qui sordeit	L i quens ernol par qui ſoʒdeit
Tresto[z](t) c[i](e)st mal[s] et es-	2 T reſtot ceſt mal e eſmoueit
moveit.	
Herbert, sis oncles, de Seint-Liz	H erbert ſi oncle de ſaɪt liz
Le guerrout; meis ce iert env[i]s.	L e guerreot mes ſert enuuiz
Quant entrepris se vit Richart,	5 Qua nt entrepʒins ſe vit richart
Pa[r] le conseil de dan Bernart	Par le conſeil de dan bernart
(Seneschaus ert de Normendie,	
Desoz le duc out la baillie),	8
Ad enveié ilnelement	A envoie iſnelement
Al rei Herout, un suen parent,	A u rey herout vn ſen parent
En Danemarche là où maint;	11 E n danemarche ou i maint
De toz ses maus à lui se plaint,	D eguerre a lui foʒmēt ſe plaɪt
Secors mande qu'il li enveit,	
Quer de guerre est forment destreit.	14
Herout i vint od bien grant gent,	H erout i vint o biē grant gent
Qu'onques n'i out demorement.	Q uonqʼſ niot demorent
Li reis de France en Normendie	17 L e roy de france o oſt banie
Esteit entrei o ost banie.	E ſteit entre en noʒmēdie
28a] Franceis, Daneis tant sunt alé	F ranceis daneis tant ſʼt ale [43a
Qu'à parlement sunt assemblé.	20 Qʼ au pallement ſʼt aſſemble
Meslée sort el parlement,	M eſlee ſoʒt en palement
Daneis i flerent durement;	D aneis i flerent durement
Deiz et .viij. contes ont ocis,	23 D ez & vííí contes ont ocis
L[i](e) reis meïsmes i fut pris.	L e rei meimes y fut pʒins
Ainz que il eissist for[s] de prison,	E inz quil ieſſiſt hoʒs de priſon
Si a juré et si baron	26 S i a iure & li baron
Que ferme paiz d'ore en avant	Qʼ ferme pez doʒ enauant
Tendrunt mais toz dis à l'enfant.	T endʒont mes toz dis alēſat
Par ensummet rendu li a	29 P ar enſomet rendu li a
Quant que Kalles à Rou donna.	Q uāqʼ challes a rou dona
Encor rout-il el serement	E ncoʒ ront il en ſerment
Quel defendra de tote gent.	32 Qʼ le defendʒa de tote gent
Asseiz tost puis l[i](e) reis fina,	A ſſez toſt puis le rey fina
Lohier, sis filz, por lui regna;	L ohier ſon fiz poʒ li rena
Des convenanz n'a nul tenu,	35 D es couenans na nul tenu
Anceis a guerre et mal meü.	E incos a guerre & mal meu
Son franc home a grevei forment,	
Guerreié l'a mult durement.	38
Bacheleirs ert li quens Richart,	O son franc hom li qʼns richart
Proz et hardiz comme leubart.	P ʒoz & hardiz ǥme lebart
De l'autre part l[i](e) reis esteit	41 D e lautre part le rey eſteit [43b
Jouvres asseiz, et si creieit	J eunes acez & ſi creiet
Malveis conseil que il aveit;	M auues ǥſeil qʼ il aueit
Vers son baron se mal meteit.	44 V ers ſon baron le mal meteit

(1645)

Od ses Normans, od ses Daneis	O ſes noꝛmans o ſes daneis
Ad envaï li dux Franceis;	E n vay a le li dus franceys
Si crüément les envaïst 47	S i cruelment les envaiſt
Od feu, od fer, que tot destruist;	O fer o feu q' tot deſtruiſt
28b] Par bois, par viles, par cham-	P ar boys par viles par chapaigne
paignes	
Fierement vait od grant compagnes; 50	
En France fait espessement	E n frãce fet eſpeſſement
Pareir fumées, foïr gent;	Par eir fumees foir gent
Par tot essille la contrée, 53	
Destruite l'a et mal menée.	
Glaive de gent si homme funt	G layue de gent ſes homes fõt
Par tot les leus où unques vunt. 56	Par toz les lieus ou ǫnq's vont
Cinc anz dura continuëls	C inc anz dura continuez
Ceste guerre, qui ert mortels.	C eſte guerre qꝛi ert moꝛtiez
Ne la voldreit plus endurer 59	N e le uoudꝛent plus endurer
Li reis de France ne li per;	Li rey de frãce ne li per
Tant unt al duc fait et mandé,	T ant ont auduc fet & made
Que od Lohier s'est acordé. 62	Q' o lohier ceſt acoꝛde
Il en fut ainz molt bel preié	J l en fut ainz mot bel pꝛeie
Que por nul d'els l'eit otreié.	Q ue poꝛ nul deus ſeit otriee [44a
Par grant amor, senz contençon 65	Par grant amoꝛ ſans gtãcon
Acordé sunt tuit li baron.	A coꝛde ſ't tuit libaron
La paiz fut ferme, qui est faite	L a pez fut ferme qui eſt ſete
Là où li dux au rei s'afaite. 68	L a ou li dus au rey ſafete
Puis que en paiz si homme furent,	P uis q' empez ſes homes furãt
Daneis de lui gran[z](t) dons reçurent,	D aneis de lui grans dons recur't
Toz cels qu'il a fait baptizier, 71	T ouz ceus quil afet bautiſer
A lor aleuz fist reparier;	A loꝛ aleus fiſt repeirer
Et toz les autres qui amöent	& toꝛ les autres qui amoient
La lei paiene et coltivauent, 74	L a ley paine & ǫteneient
Par mié la mer fors de sa terre	Par me la mer hoꝛs de ſaterre
Les enveia les mors conquerre.	L es envola les moꝛs ǫq'rre
Por ce furent là enveiez 77	P oꝛ furent la envoiez
Que ne seient meis damagiez	Q' ne ſeient mes damagiez
29a] Franceis par els ne destorbez,	F rãceys par leus ne deſtoꝛbez
Ne essilliez ne devilez, 80	N e eſſillez ne deuiez
Crestïenté a molt amée;	C reſtiãte a mot amee
Puis que sa guerre out afinée,	P uis q' ſa guerre fut finee
A son poier Deu enora. 83	A ſon pouer dex hennoꝛa
Moines et clers toz dis ama,	M oines & clers toꝛioꝛs ama [44b
Les perechous de lor servise	L es paꝛecoua de loꝛ ſeruiſe
Amonestout à mainte guise, 86	A moneſtot en mainte guiſe
Et au prodome rediseit	& as pꝛodeſhomes rediſeit
Que mielz feïst qu'il ne faseit.	Q' mieuz feiſt quil naueit feit
Les iglises a estorées 89	L es yglefes areſtoꝛees

(1690)

Qui par la guerre erent gastées :	Qui par laguerre erent gaftees
Les unes fist et commença,	L es unes fift & comenca
Et les autres ameillora.	& les autres amelloꝛa
Entre(s) les altres une en out	E ntre les autres vne en out
Que de son cuer forment amout:	q' de fon ceur foꝛment amot
Jà esteit-ce cele del Mont,	J a eftet ce celle du mont
La seint Michiel, où li clerc sunt.	L a faint michel ou li clerc ſ't
Molt par eirt liez qu'en son païs	M out par ert liez q'n fon pais
S'eirt herbegié cist Deu amis.	S ert herbergiez cil deu amis
Il vit et sout certeinnement	J l uit & fout c'tainement
Que n'ert servie honestement	Q' nert feruie honeftement
Cele iglise si cum deveit	C el yglefe fi g deueit
Et cum li leus le requereit ;	& con li leus lereq'reit
Quer el païs là cler[c](s) esteient	Q' r en pais la clers efteient
Riche(s) d'aveir, qui se faseient	R iches dauer qui fe fefeient [45a
Del Mont chanoines apeleir.	D eu mont chanoines apeler
Ententif eirent à veneir	E ntětif erent auener
Molt plus assez que au mestier	
Qui afereit à lor mostier ;	
29b] A lor ai(e)se se dedui[ei]ent	A loꝛ eife fededuient
Quer molt granz rentes en aveient.	Q' r grans rentes en auoient
As povres clers servir faseient	E f poures clers feruir fefeient
Por els l'igliese, et il aveient	P oꝛ eus li glefe . & il auoient
Totes les rentes, sis parteient	T outes les rētes fi parteient
Eissi entre els, cum il voleient ;	E iffi entre eus g il voleient
Comme boviers les al[o]õent	C onme bourgeis les aloient
Et d'an en an les remuõent ;	& dan en an les reueient
Vilainement les i meteient,	V ileinement les meinteneiēt
Et cil vielment s'en conteneient.	& cil vilement fe teneient
Quant ceste chose li quens sout,	Qua nt cefte chofe li quens fout
A merveille par li desplout ;	A m'uelles par li defplout
Il esguarda et dist por dreit	J l regarda & dift pour veir
Que qui chanoine estre voleit,	Q' qui chanoine etre vodꝛeit
Sa provende bien deservist,	S a pꝛouēd(ꝛ)e biē deferuift
Altre por lui nul n'i meïst.	A utre poꝛ lui nul nimeift
Por nient fist cest jugement,	P oꝛ neent fift ceft iugement
Quer il ne l'ont tenu neient.	Q' r il ne lont tenu neent [45b
Quant le resout, si a mandez	Qua nt le reffout fi a mande
Les chanoines et assemblez ;	L efchanoines & a foble
Preić lor a molt dolcement	P ꝛoie loꝛ a ml't docement
Que vesquissent regulerment,	Q' vefquiffent regulieremēt
Et od preiere et od manace	& o p'iere & o menace
A chescun dit que il le face ;	A checun a dit quille face
Mais quant qu'a dit tot vait en vent,	M es quäquadit ert neent
Quer entre tot n'en funt neient.	Q' r entre tot nen font neent

(1735)

Por prei[e]re ne por manace
N'i a nul d'els qui rien en face;
A lor deduit ententif sunt.
Chacier en bois li un en vunt;
30a] Li autre alöent en riviere,
Là où la seivent bien pleniere.
Beivre et mengier et altre chose
De quei suere nuls ne s'alose,
Refaiseient espessement,
Donc l'en parlout molt laidement.
Li dux Richarz marriz en fut;
A merveille par l'en nen crut
Que le servise dam-le-Dé
N'en unt por lui poi[n]t amendé,
Anceis par l'unt tot deguerpi.
Quel merveille s'en est marri?
L[i](e) gentil[s] du(c)[s] de Nor-
       mendie,
Quant si malvaise vit lor vie,
A l'archevesque en a parlé;
Tot son conseil li a mostré,
Et à son frere le ra dit,
Qui quens esteit, ce truis escrit.
Raoul out non, huens bien vallanz.
Sages asseiz et molt poanz.
A un conseil andous les traist:
« Seignor(s), fait-il, malement vait
Que seint Michiel est messerviz
Et que sil servent à enviz
Li chanoine, clers orguellous;
Por me[i] ne funt rien ne por vos.
Enpensé ai ques osterai
Et en leu d'els moines metrai:
Loiez-le-vos à faire eissi? »
Li archevesque[s] respondi:
30b] « Oïl, par fei! c'est honesté. »
Li quens Raouls le ra loé;
Bien li dïent qu'à Deu pleira
Cele chose, se issi va.
Preié lor a, n'en dïent mot
De ci qu'il eit parquis trestot
Moines en cen que aveir deit
A faire ce que il voleit.
Li chanoine sourent assez
Que li dux eirt od els meslez,
De l'iglis(i)e ount tot fors geté

37
40·
43

46

49

52

55

58

61

64

67

70

73

76

79

N e poɿ p'iere ne poɿ menace
N i a nul deus qui riē en face
A loɿ loɿ deduit ētētis font
C hacer en bois les vns en vont
L i autre aloient en riuiere
L a ou la fauoient planiere
B oire & mēgier & autre chofe
D e q'i fiuure nul nefalofe

L i dus richart marri en fut
A m'ueilles par fē defplout
Q' le feruife damedeu
N oɿent poɿ li point amēde [46a
A inces lont deu tot de guerpi
A m'uelles ce neft marri
L i gentil duc de noɿmēdie

Qua nt fi mauuefe vit loɿ vie
A larceuefq' en a parle
T out fon ɡfeil li a moftre
& afon frere li a dit
Qui quens efteit ce truis efcrit
R aul ot nō hons bien vallant
S ages affez & ml't puiffant
A vn ɡfeil ens dous les treit
S eignoɿs feit il malement veit
Q' feint michel eft mefferuiz
& q' cil feruent a enviz
L i chanoine clers oɿguellous
P oɿ mei ne font riē ne poɿ vos
E n pēfey ai q'f ofterai
& en lou deus moines metre
L oez le uos a f'e eiffi
L i arceuefq' refpondi [46b
O il par foy ceft honefte
L i quens raol lera loe
B ien li dient qua deu plera
C elle chofe qui eiffi va
P ɿoie loɿ a nen dient mot
D e ce quil ait enquis partot
M oines & qua uer deit
A fere ce quil vodɿeit
L i chanone foɿent affez
Q' li dus ert o eus mellez
D e liglefe ont tout hoɿs gete

Quanque il pourent à celé ;
Cen que chescun aveir en pout
A trestorné au mielz qu'il sout.
A lor acointes unt livrez
Les ornemenz qu'enn unt getez,
Quer mielz s'en volent tuit aler
Que prendre vie reguler.
Entretant ad molt vivement
Li quens fait son porchacement.
De l'archevesque Huun out
Primes un brief tel cum il vout,
Del rei Lohier un tel en ra
Come il-meïsmes demanda.
Quant ses briés a, homes a quis
Des plus sages de son païs;
Son mesage lor encharga
Et à Rome les enveia.
Espletié unt tant et esré
Que l'apostoile ourent trové.
31a] Li apostoile de cel tens
Out non Johan, si cum je pens.
Lors briés li livrent seielez;
Bruisiez les a et esguardez.
Par sei esteit enz en un brief
La vie as clers de chief en chief;
Enz en un altre aprof esteit
Ce que li dux li requiereit.
A icels dous erent semblable(s)
Li altre tuit et acordable(s).
Quancque li quens li requiereit
Par ses chartres que il diseit,
Li apostoiles otria
Et de sa part le conferma.
Joious en ert et liez forment,
Li cardinal tuit ensement.
Al duc runt briés tels enveiez
Cum par les suens li out preiez.
Quant li message ont pris congié,
Isnelement sunt repairié;
Chevaus ourent ad volenté,
Par jornées ont tant esré
Qu'en Normendie sunt venu.
Li dux les vit, toz liez en fu.
De chief en chief li unt conté
Cum faitement ourent esré.

(1780)
Qua nq' il pourent acele
C e q' cheoun auer en pout
82 A trestorne au miex quil pout
A loꝛ acointes ont liurez
L es aurnemens q' non getez
85

E ntre tant aumont iouent
88 li quens fet fon poꝛchacemēt
D elarceuefq' huon out
P ꝛines vn bꝛief tel giuout [47a
91 D eu rey lohier vn tel en ra
9 il maimes demanda
Qua nt fes bꝛies ot . homes a quis
94 D es plus fages de fon pais
S on meſſage loꝛ en charga
& a rome les enuoia
97 E fplete ont tant & erre
Q' la pofteile oꝛent troue
L i apofteile de cel temps
00 O t nō iehan fi gie pens
L oꝛ bꝛies liliurent feelez
P ꝛifez les a & ergardcz
3 E fcrit ens en vn bꝛief
L a uie efclers de chief en chief
E nz en vn autre apꝛes efteit
6 C e q' li dus li req'reit

9 Qua nq' li dus requis lia

L apofteile li oftria
12 & de fa part le gferma
J oios en ert & liez foꝛment [47b
L i cardinal tuit enfement
15 A uduc rabꝛies tex envoiez
9 par les fuens li ot pꝛeiez
Q ua nt li meſſage ont pꝛis ggie
18 ifnelement f't repeirie
C heuax oꝛent a uolente
P ar ioꝛnees ont tant erre
21 E n noꝛmendie f't uenu
L i dux les uit tout liez enfu
D e chief en chief li ont cōte
24 g feitement oꝛent erre

Il apela un chapelain,
Le brief li mist enz en la main,
Que cil aveient aporté.
Li clers l'a tost desvolepé,
31b] Despleié l'a et esguardé,
Puis l'a au conte recité :
Les saluz dist premierement
Trestoz eissi cum les entent ;
Puis a tot leit le brief avant,
Qu'il n'i falli ne tant ne quant.
Li apostoiles li mandout
Par ces lestres que enveout.
Que del Mont ost toz les
                 chanoines
Et en leu d'els il mete moines,
Et les rentes aient al Mont
Que li chanoine tenu unt ;
Et enz et fors li otreout
Et de sa part le confermout ;
Et si aucuns le contredit,
Il l'escumenge et maldit.
De l'autre part, s'en l'abeïe
Velt nul[s] des clers muër sa vie,
Bien li otreie de par Deu.
Illue[c](ques) n'out plus ; quer n'en
                 fut leu,
Fors le *valei* à la parfin,
Qui eirt escrit el parchemin.
A l'archevesque uns en ralout,
Qui ce meïsmes commandout.
Li evesques d'Avrenches rout
Un brief qui cen reconfermout,
Li dux aveit par Normendie
Moines assez de bone vie :
Par abeïes en a pris
Tels qui bons sunt, cen li est vis.
32a] A lui vienent privéement,
Si lor a dit celéement
Qu'il les enveit là où ira
Isnelement, pois lor disra
Por quei les a à sei mandeiz
De tantes parz et aünez.
Il n'i a plus, il est meüz ;
Mès sis erres fut tot seüz.

(1825)
J l apela vn chapelein
V n brief li mift ēmie fa main
27 Q' cil auoient aporte
L i clerc la toft defuelope
D efpleie la & efgarde
30 P ui la au conte recite
L ef faluz dift primerement
T reftoz eiffi 9 les entent
33 P uis a tot leu le brief auant [48a
J ni falli ne tant ne quant
L i apoftele li madout

Q' du mont oft toz les chanoines
E en lieu deus imetent moines
39 E les rētes aient au mont
Q' li chanoine tenu ont
D ehors & denz onq' quil font
42
& fi aucuns le contredit
J lefcumāge & le maudit
45 D e lautre part fen labeie
V eut nul def clers muer fauie
B ien li otreie de pardeu
48 J lleuc nout plus q'r nē fut leu

F ors le uale en la parfin
Qui ert efcrit en parchemin
51 A larceuefq' vn en ralout
Qui ce meimes conmādot
L ieuefq' daurenches rout
54 V n brief qui ce reconmādout
L i dux auell par normādie [40b
M oines affez de bone uie
57 Par abbaief en aprins
T ex qui bons ft ce li eft vis
A lui vienent priuement
60 S i lor adit priuement
Qui i le fiuent la ou il ira
J fnelemēt puis lor dira
63 P or q'i les a afe mandez
D e toutes pars & amenez
J l nia plus . il meuz eft
66 M es fen erre feu toft eft

A Avrenches vint belement,
Si cum de cen ne fust neient;
Semplant faiseit que il queisist
Tote altre rien que il ne fist.
Quant il vint là, primes parla
D'altres choses; puis apela
Un(s) vel baron qu'iluec esteit.
Sis privez eirt, molt chier l'aveit.
Commanda li que il*alast
Molt tost al Mont, et si rovast
As chanoines muër lor vie,
Si ne leist pas qu'il ne lor die;
Moine(s) deviengent, cen voleit,
En lor mostier qui bel esteit,
Ou, cen que non, si augent fors;
Lor dras enportent et lor cors
Tant solement et nient plus.
Marriz esteit od els li dus.
Emprès li dist qu'il demandast
Totes les cleis, et sis guardast
Le tresor tot, l'or et l'argent,
Les altres choses ensement.
32b] Cil s'en torna et vint al Mont,
Mande les clers où que il sunt.
Quant il les out toz aünez:
« Seignor(s), fait-il, or m'escoutez!
Nostre sire li dux vos mande
A toz par mei et si commande
Que esliesiez quel que voldrez;
Moine(s) seiez, ou vos aug(i)ez
Fors de cest leu isnelement.
Respondez-mei, et cel briément. »
Les cleis aveit jà totes prises
Et ses guardes par tot assises,
Tot out seisi ainz ques mandast
Ne qu'à nul d'els de ce parlast.
Respondent cil communement:
• Nos ne feron de ce nient;
Jà el talent où or seions,
Moine(s) ici ne dev(r)endrons. »
De ce aveient jà parlé
Et lor conseil tot afermé,
Que devinei pieça aveient
Trestot icen que or ve[e]ient.
Donc n'i a plus, cil lor respont:

(1867)
A urenches vint belement
ſi 9 de ce ne fuſt neent
69 S emblant feſet q' il q'iſt
T ot autre rien q' il ne fiſt
Qua nt il vint la pɹimes parla
72 D autres choſes puis apela
V n ſuen baron qui illeuc eſteit
S es pɹiuez & ml't chier laueit
75 9 mada li q' il alaſt [49a
M l't toſt au mont & ſi loaſt
A ſ chanoines muer loɹ uie
78 S i ne leſt pas qui ne loɹ die
M oines deuiengent ce uoleit
E n loɹ monſtier qui bel eſteit
81 O u ſi q' nō il augent hoɹs
L oɹ dɹas en poɹgent & loɹ coɹps
T ant ſolement . & neent pl9
84 M arriz eſteit o eus li dus
E mpɹeſ li diſt quil demādaſt
T outes les cles cil les gardaſt
87 L etreſoɹ tot loɹ & largent
L es autres choſes enſement
C il ſentoɹna & vint aumont
90 M anda les clers ou q' il ſont
Qua nt il les out toz amenez
S egnoɹs fet il oɹ eſcutez
93 N oſtre ſire li dus vous māde
A toz par moy e ſi 9māde
Q' eſlieſez quel q' voudɹez [49b
96 M oines feiez ou vous augiez
H oɹs de ceſt leu iſnelement
R eſpondez moi & ſeit bɹiemēt
99 L es cleis aueit ia toutes priſes
& ſes gardes par tot aſſiſes
T out ot ſeſi einz q's mādaſt
2 N e q' nul deus de ce parlaſt
R eſpondent cil 9munemēt
nous ne feron de ce neent
5 J a en talent ou oɹ ſeion
M oines ici ne deuēdɹon
D e ce auoient ia parle
8 & loɹ 9ſeil tout afferme
Q' r deuine pieca auoient
T reſtot ice q' oɹ veient
11 D onc nia plus cil loɹ reſpont

«Nemeis (?) eissiez tuit fors del Mont ;
Alez quel part que vos voldrez,
Quer jamais ci ne remeindrez.»
Tuit li chanoine à tant s'en vunt,
Ne meis sol dui, qui remeis sunt.
Li uns le fist por Deu servir,
Et li altres por se garir ;
33a] Enfermetei molt grant aveit,
Ensorquetot vielz hons esteit.
Puis que del Mont furent torné,
Là où lor plout s'en sunt alé.
Chascun[s], par fei, tornez s'en est
Là où li semble et bon li est.
Dex lor aït, le fiz Marie !
Quer je ne sai plus de lor vie.
  Des dous chanoines qui el Mont
Par tel acheison remeis sunt,
Li uns des dous out non Durant ;
Prodon esteit et molt vaillant.
Molt out chier l'angle, cen diseit,
Quer por s'amor remés esteit.
A ses ovres fist puis pareir,
Se il menteit ou diseit vei[r](t).
Li malades out non Bernier ;
Gesir soleit prof del mostier,
Por s'enferté que aveit grande.
Al messagier le duc demande
Et li requiert por amor Deu
Quel laist gesir en icel leu :
Malades iert, si ne saveit
De quel ore mort le prendreit.
Morir se crient, laist-l'i gesir
Por son servise tot oïr.
Estre voldreit illuec toz dis
Et nuit et jor tant cum iert vis.
Fiebles hons est, ne puet aler :
Pechiez fereit de lui oster ;
33b] Alanguorez est et falliz :
Si l'en oste, mal iert bailliz ;
Quer ne vuelt faire se bien non,
Nen n'eient-il pas soupeçon.
De quant que dit del plus menteit,
Trestoz soduire les voleit,
Par si fause religion
Couvrir voleit sa traïson ;

14
17
20
23
26
29
32
35
38
41
44
47
50
53
56

E iſſez treſtoz hors de ceſt mot
A lez quel part q' uous vodꝛez
Q' r iames ſi ne remeindꝛez
T uit li chanoine atāt ſen uont [50a
N emes ſol dui qui remes ſ't
L i vn le fiſt poꝛ deu ſeruir
& li autre poꝛ ſe guarir
E nfermete ml't grāt aueit
E n ſoꝛq'tot veuz hons eſteit
P uis q' deu mōt furent toꝛne
L a ou lour plot ſen ſont ale
C hecun parſei toꝛne ſen eſt
L a ou li ſemble que bon eſt
D ex loꝛ aiſt le fiz marie
Q' r ie ne ſei plus de loꝛ uie
D edens chanoines qui en mont
  par tel acheſon remeis ſ't
Pro dons eſteit & ml't vallant
M l't ot chier langre ce diſeit

A ſes euures fiſt puis pareir
S e il mēteit ou diſeit ueir
L i malades out nō bernier
G eſir ſoleit pꝛes deu moſtier
P oꝛ ſenferte q' aueit grāde [50b
A u meſſagier le duc demāde
& li requiert poꝛ lamoꝛ de
Qui l le leſt geſir en icel leu
M alades ert ſi ne ſaueit
D eq'le oꝛe moꝛt le pꝛēdꝛeit
M oꝛir ſe creint leiſt le geſir
P oꝛ ſon ſeruiſe tot oir
E tre vodꝛeit illeuc toꝛ dis
& nuit & ioꝛ tan ǵme ert vis
F iebles eſt ne peut aler
P eche fereit de lui oſter
A langoꝛez eſt & falliz
S e len en oſte mal ert balliz
Q' r ne veut fere ſe biē nō
N e neitil pas ſopecon
D e quanq' dit du plus mēteit
T reſtoz deceuer les uoleit
P ar ſa fauce religion
C ourir voleit ſa traiſon

(1957)

Quer illuec out de seint Autbert	Q' r illeuc out de feit aub't [51a
Le cors mucié, clos et covert :	L e coɿps muce clos & couert
Il l'en voleit porter od sei	59 J l lē voleit poɿter o fey
En larrecin et en segrei.	E n larrecin ou en fegrey
De tot icen que a preié	D e tot ice q' a p'ie
Ne li a cil rien otreié,	62 N e li a cil riē otrie
Anciez li dist que ne porreient	A inceis li dift que ne poɿrɾient
Soufrir li moine qui vendreient	S ofrir li moine quí uiēdɿeient
Que cele celle à enfers fust	65 Q' celle chābɿe as enfers fuſt
Ne que hon malades i geūst ;	N e q' hons malade i geuſt
Cel leu illuec que il diseit,	C el leu illeuc q' il difeit
Molt mielz as gardes coveneit	68 M out miez efgarges coueneit
Qui l'igliese deivent garder,	Qui liglefe deuent garder
Que à malades converser.	Q' afmalades gu'fer
Moleste as moines grant fereit,	71 M olefte af moines grant fereit
Se il illueques se geseit.	S e il illeuq's fe gefeit
Quant Bernier ot l'escusement,	Qua nt ot oy fefcufement
Si li a dit molt humlement :	74 fi li adit ml't humblement
« Or vos prié donc por amor Deu	O ɿ uous p'i donc poɿ lamoɿ deu
Que me laissiez en icest leu	Q' me leffiez en cetui leu
Estre et gesir tant solement	77 E tre & gefir tant folement [51b
Qu'esgardei aie à mon talent	Q' garde aie a mon talent
34a] Une maison où puisse aler	V ne mefon ou puiffe aler
Ma langor grande deporter. »	80 M a langoɿ grande depoɿter
Cil li a dit : « Escliésiez-la ;	C il li a dit efliefez la
Quer, par ma fei! vos aurez jà	Q' r par ma foy vous aurez ia
Quele que unques esliérez,	83 Q' le q' onq's efleirez
A vostre chois une en prendrez. »	A uoſtre chois vne enpɿēdɿez
Respont Berni[e]r : «Je nel ferai ;	R efpont bernier ie nen ferei
Anceiz i mais me soferrai.	86 A inces imes me foufrerei
Por seint Michiel ! sanz altre ennoi	P oɿ faint michel fans autre ēɿni
Laissiez-mei ci ennuit et hoi ;	L effez moy fi ennui & hui
Et si vos faire nel volez,	89 & fe nen fere nel uolez
De meie part saveir poiez,	D e moie part fau' poez
Je n'en istrai pas par mon chief !	J e nen yſtrai pas par mon chief
S'anceis n'en ai traval molt grief ;	92 S e ainces nē ai traual grief
Ou par force m'en getereiz,	O u par foɿce mēgeterez
Ou ennuit mais ci me(s) lereiz. »	O u ennuit fi me lerrez
Tant ad Bernier dit et preié	95 Tant a bernier dit & pɿeie
Que le franc home a ennuié	q' le franc home en a nuie
Que li dux out enveié là ;	Q' li dus a enuoie la [52a
Bien espeire que illuec a	98 B ien efpera q' illeuc a
Mucié tresor où queque seit	M ucie trefoɿ ou q' fe feit
Que cele noit embler voleit.	Qui celle nuit embler uoleit
Ceste meīsme soupeçon	1 C efte meimes fopecon

(2002)

Aveient tuit si compaignon,
Si esperouent verité.
Li riches hon ad commandé
Que d'iluec seit tost remuëz
Et en un altre leu portez.
Un(n)e maison livrei li unt
Qui eirt assise el lez del Mont;
34b] Meis bien li peist, illuec l'ont mis.
Commandei est puis, ce m'est vis, 10
Que trestot ait, tant con vivra,
Quancque mestier li estera.
Li riches hons enz el Mont mist 13
Bones gardes, einz qu'en issist.
Quant ce fut fait, al duc ala
Por dire-li ce que fait a.
Les persones de Normendie
Et d'evesquez et d'abeïe
A Avrenches venües erent.
Li moine(s) od els là s'asemblerent
Dont je parlei premierement,
Molt [i] vindrent celéement;
Isnelement erent venu,
Quer commandé trés-bien lor fu.
Molt ert grande la baronnie
Qui venu' ert de Normendie.
Puis que tuit furent assemblé,
Li dux Richarz a commandé
Que il viengent od lui al Mont.
En-es-le-pas cil monté sunt,
Od lor segnor en sunt alé;
Al Mont vindrent, tant ont esré.
Quant il furent là parvenu,
A la porte sunt descendu.
Od chanz, od ymnes haltement,
Meinent les moines liement
Tant qu'el mostier furent entré.
Li dux Richarz lor ad livré
35a] Tote l'igliese et la ballie,
Nei[e]s les cleis od l'abeïe;
Totes les rentes lor donna
Et fors et enz, puis commanda
Que n'e(f)üst meis (nus) ho[me](ns) 43
    vivant
Quis descreüst del priés d'un
    gant.

A uoient tuit li ꝗpaignon
J l eſpꝛeiuient verite
4 L i riches hons a comāde
Q' dilleuc ſeit toſt remuez
& en vn autre leu poꝛtez
7 V ne meſon liure li ont
Qui ert aſſiſe ez liez du mont
M es biē li peiſt illeuc lont mis
10 ꝗ māde eſt puis ſe meſt vis
Q' treſtot ait tant ꝗ uiura
Q uāq' meſtier li eſtoꝛa
13 L i riches enz en mont miſt
B onnes gardes ainz quē iſſiſt
Qua nt ce fut feit auduc ala
16 P oꝛ dire li ſe q' feit a
L eſ perſones de noꝛmēdie   [52b
& deueſquiez & dabeie
19 A urenches venues erent
L i moines o eus la ſaſenblerēt
D ont ie parle pꝛemierement
22 M l't i uindꝛent celeement

25 M out eſteit grant la baronie
    qui venue ert de noꝛmēdie

28
Qui l viēgent o lui au mont
J ſnele pas cil mōtez ſ't
31 O loꝛ ſeignoꝛ en ſūt ale
A u mont vindꝛent tāt ont e're
Qua nt il furent la paruenu
34 A la poꝛte ſ't deſcēdu
O chant o hynes hautement
M eine le moines liement
37 T ant q' el moſtier furent ētre
L i dus richart loꝛ a liure
T oute ligleſe & labeie
40 L oꝛ amis en loꝛ ballie
T outes les rentes loꝛ dona   [53a
& hoꝛs & ens puis ꝗmada
Q' ne fuſt mes nus hons viuāt

Q les deſcreut deu pꝛeis dun guant

Mont		S. Michel
	(2045)	

Li archevesques i esteit,		Li arceuefque iefteit
De ceste ovre s'entremeteit;	46	de cefte euure fentremeteit
Quer par son brief l'out commandé		Quer par fon brief lout 9mande
Li apostoiles et mandé.		L iapoftolis & mande
Li evesques d'Avrenches fut	49	Li euefq' daurenches fut
De l'autre part, si cum il dut;		De lautre par fi 9 li dut
A l'apostoile obeïsseit,		A lapoftolie obeiffeit
Qui bien mandei le li aveit.	52	Qui bien mande le li aueit
Tuit (s)[l]i chanoine illuec resunt,		Tuit li chanoine illeuc refot
Qui bien otreient cen qu'il funt;		Qui bien otrient fe quil font
As moines ont tuit otreié	55	Es moines ont tot otrie
Genez et Iz de l'evesquié;		G enex & iz de leuefchie
Sans nule male volenté		S anz nulle male uolōte
Ce que il funt lor ont graé.	58	Se q' il font loz ont gree
Les costumes ont demandées,		Les cotumes ont demādees
Qui par amor furent trovées;		Qui par amoz furent trouees
Seint Autbert primes les trova	61	S aint aubert pzines les trouua [53b
Et establi et ordena:		& eftabli & ozdena
Ce est de la procession		C eft da la proceffion
Que encore oi(e) cest jor tenon.	64	Q' en coz hui ceft iour tenon
Li un(s) de nos as altres vunt,		L' i vns de nos efautres vūt
A dous termes qui posé sunt.		A s dous t'mes qui pofeiz f't
Li clerc premier viennent as moines,	67	L i clerc p'miers afmoines viēnent
Et li moine puis as chanoines;		& li moine puis ef chanoines
35b] Tuit revestu se recevrunt;		T uit reueftu ce receuront
Et chà et là c[il](els) qui iront,	70	& ca & la ceux qui iront
Messe dirront al mestre-altel,		M effe diront au meftre autel
Li moine là tot altretel.		L i moine referōt autretel
Li chanoine deivent mengier,	73	Li chanoine deiuet menger
Quant il auront fait' lor mestier,		quant il aurōt feit lour meftier
En l'abeïe, el refector,		E n la beie en refetoz
Si cum li tens dorra del jor;	76	S i 9 li temps durra deu ioz
Li moine là tot ensement,		L i moine la tot enfement
Que ne lor griét le junement.		Q' ne loz griet le geunement
Là li moine ne se movrunt,	79	J a li moine ne fe mouuront
Se li clerc ainz à els ne vunt.		S e li clers ains a eus ne uont
Entre(s) els est bien cen confermé,		E ntre eus eft bien 9ferme [54a
Quer ce esteit fraternité;	82	Q' r ce efteit frat'nité
Aliance semblout d'amor.		A liance femblaut damoz
Encor le tienent oi(e) cest jor		E ncoz li tienent hui ceft ioz
Si cum il fut lors establi,	85	S i 9 il fut lozs eftabli
Fors del mangier que ont guerpi;		F ozs de mēgier q' ont guerpi
Tant est lor amor plus baissiez!		
Il n'a gaires que il fut laissiez.	88	

Aprof ceste peticion,	Ap's cefte peticion
Que confermerent li baron,	q' confermerent li baron
Ésleű ont li moine abé,	91 E nleu ont li moine abbe
Si que li dux lor a greié.	S i q' li dux lor a gree
Mainart out non, si fut Normanz,	M enart ot nō ſi fut normant
Prodom esteit et bien vallanz.	94 Pro dons efteit & bien vallant
Icel jor out grant joie al Mont.	J cel ior out grant ioie(e) au mot
Quant cen fut fait, si s'en revont.	Qua nt ce fut ſi ſen reuont
Li dux s'en vait en Normendie,	97 L i dux ſen veit en normēdie
Et cil remaint en s'abeïe.	& cil remaint en labbeie
36a] Comme buens pierres chastia,	9 me bon pere les chaſtia
Et comme meirres toz ama	00 & 9me mere toz les ama
Icels moines qui remés sunt	J ceu moine qui remeis ſ't
Dedenz l'igliese od lui, del Mont.	D edenz liglefe olui deu mōt
En la reule seint Beneiet	3 E n la reule ſaint beneit [54b
Est bien escrit, il le savei(e)t,	E ſt bien efcrit il le faueit
Que li abes les ores gart,	Q' li abbes les ores gart
Ou à tel die de sa part,	6 O u a teil die de ſa part
Qui honestes et buens i seit,	Qui honeſte & bon iſſeit
Le mestier face cum il deit.	L e meſtier face 9 il deit
Cele meison où dan Bernier	9 C elle mefon ou dan bernier
Soleit jesir à ceſt meſtier,	S oleit gefir en cel moſtier
Avis li fut qu'ert convenable	A uis li fut q'rt couenable
Et [a]aisiée et delectable;	12 & aefiee & delectable
As marrugliers l'abei l'eslut,	Li marrubliers labbe leſleut
Il-meïsmes souvent i jut.	L i meimes fouent y iut
Nuls des moines n'out sopeçon	15 N ul deſ moines not ſoupecon
Que sor les laz de la maison	Q' foz les laz de la mefon
Mucié eūst alcune rien;	M ucie euſt aucune rien
Quer il n'i a, cen veient bien,	18 Q' r il nia fe uoient bien
Tant de pertuis où se cutast	T ant de pertus ou fecutaſt
Une soriz ne ne passast.	V ne foriz ne ne paſſaſt
Nul n'enn i out, petit ne grant,	21 Nul nen iot petit ne grant
Ne ès crevaces tant ne quant	N e efcreuaſſes tant ne quant
N'i pareit rien enz ne deforz;	N ipareit riens ne de hors [55a
[Et] nequeden si ert le cors	24 & ne q'den ſi ert le corps
De seint Autbert illuec posez;	D e faint aubert illeuc pofez
Unc de trente(i) anz n'i fut trovez.	O nc de trente anz ni fut trouez
Quant par miracle [l'ont] (fut) trové,	27 Qua nt par miracle fut trouez
Aveit al Mont segunt abé.	A ueit aumont fegont abbez
36b] Icil abes rout non Mainart,	J cil abez ot nō menart
Molt fut prodom et de Deu part.	30 M l't fut prodon de bone part
Bien redirom, quant là vendra,	B iē rediro quant la vendra
Comment cil abes le trova,	9 ment cil abbes le troua
Et cum portei[z] fut el mostier	33 & 9 porte fut au moſtier

		(2134)	
Que il fist faire et commencier.		Qui l fift fere & gmēcier	
Aprof icen, ce m'est avis,		A pıes yce fe melt auis	
Li nobles dux s'est entremis	36	L i nobles dux ceft entremis	
Del leu faire clorre de murs		D eu leu fere cloıre de murs	
Covenable[s] et forz et durs.		C ouenables & foıs & durs	
Einz que il seit del Mont tornez,	39		
Del suen les a tot aquitez;			
D'or et d'argent fist faire tables			
Que as altels mist covenables,	42		
Chapes de paîle, vestimenz,		C hapes de paile & ueftemens	
Pailes, dossels, tapiz molt genz,		P ailes doıez dapiz moz genz	
Candelabres d'or et d'argent,	45	C hādelabıes doı & d'argent	
Croiz et calices ensement.		C roiz & galices ensement	
Viles as moines a données,		V illes af moines a donnees	[55b
Rentes d'igliese confermées	48	R entes de liglefe confermees	
Par son seel en cire mis,		P ar fon feel en cire mis	
Li dux, ainz qu'eissié del païs,		L i dus ains q' iffe deu pais	
Et ce qu'il sout que boen esteit	51	& ce quil fout q' bon efteit	
Et qui à l'ordre aferir deit.		& qui aloıdıe aferir deit	
Li abes Mainarz, del mostier		L i abes menart deu moftier	
Qui premiers out cure, el mostier,	54	Qui p'mier ot cure & meftier	
Par le conseil de son convent,		P ar le gfeil de fon couent	
Qui l'otreierent bonement,		Qui lotreieren bonement	
Funt de Durant lor chapelain,	57	F ont de durant loı chapelein	
Honeste clerc et non vilain;		H onefte clerc & nō vilein	
37a] Rendu li unt tot autretant,		R endu li ont tot autretant	
Fors que ne fut el mostier grant	60	F oıs q' ne fuft en moftier grant	
Com il soleit aveir jadis,		g il foleit au' iadis	
Quant chanoines i fut ainz mis.		Qua nt chanoines i fut ainz mis	
Tot altretel humanité	63	T ot autretel humanité	
A Bernier funt par lor bonté:		A bernier font par loı bonte	
Rendūe li unt sa provende.		R endue li ont fa prouēde	
Aprof li firent tel enmende	66	A p's li firent tel amende	
Qu'o els beiveit puis et manjout		Q uo eus beueit puis & mēgout	[56a
As toz les jorz que il li plout,		A touz les ioıs que il li plout	
Molt bien et bel, od honesté;	69	M out bien & bel o honefte	
Meis por nïent on n'en sout gré.		M es poıneent onc nō fot gre	
Enprès sa mort quant que il out		A pıes fa moıt qua q' il ot	
Li moine donne[n]t à Fulcout,	72	L i moine donent a folquot	
Cist ert sis niez, qui feelment		C il ert fon nies qui feaument	
Les a serviz et lealment.		L ef a feruiz & leaument	
Il lor a dit et anseignié	75	J l loı adit & enfaignie	
Où seint Autbert ourent mucié,		O u faint aubert oıent mucie	
Li et sis uncles, quant viveit.		J l & fon oncle quant uiueit	
N'enn i a nul qui liez n'en seit.	78	N enia nul' qui liez nen feit	

(2179)

	Li dux Richarz, qui molt amout	L i dux richart qui ml't amot
	Religiom et ennoraut,	Religion & ennoꝛot
81	Souventes feiz les visita	S ouente foiz les vifita
	Et de ses choses lor donna;	& de fes chofes loꝛ dona
	Del leu qu'il vit que amendout,	D eu lieu qui vit quamēder tot
84	Dedenz son cuer grant leece out;	D edens fon cour grant leeffe ot
	Il a ouvré comme huem sage:	J l a ourei 9 home fage
	Par le conseil de son barnage,	P ar le 9feil de fon barnage
87	Privileges lor a donnez,	P ꝛiuileges loꝛ a donez [56b
	Que cen qu'a fait ne seit quassez;	Q' ce qua feit ne feit quaffez
37b]	Il otreie de sa partie	J l otrie de fa partie
90	Que abé n'eit en l'abeïe,	Q' abbe neit en labeie
	Se moine[s] n'est de la meison.	S e moine neft de la mefon
	Entre els facent l'election;	E ntre eus facent leflecion
93	Et se illuec trovez n'esteit	& fe illeuc troue nefteit
	Qui convenables à cen seit,	Qui couenable a ce feit
	Esliesent-le d'autre abeïe,	E sleifent le dautre abeie
96	A lor pleisir, de bone vie.	A loꝛ plefir de bone uie
	Del deraien de la meison	D eu defrein de la mefon
	Le voldreit mielz, cen dit par sun,	L euodꝛeit miex ce dift par fon
99	Que d'un qui fust d'antequité	Q' don qui vient dantiquite
	En altre leu norri et né:	E n autre leu noꝛriz & nei
	Ce est la somme de l'escrit	C eft la fome de lescrit
2	Que li dux fist, que j[e] ai dit.	Q' li dux fift q' ie ai dit
	Desus l'autel cest presenta,	D efus lautel feft p'fēta
	Puis dous altres parquis en a:	P uis dous autres parquis ena
5	Por cen l'a feit que il voleit	P oꝛ ce le feit q' il uoleit
	Que ceste chose estable seit.	Q' cefte chofe eftable feit
	Del rei Lohier, de qui teneit	D eu rei lohier de qui teneit [57a
8	Tote la terre que aveit,	T oute la t're q' il aueit
	Privilege out et muniment	P riueleige ot & muniment
	Tel com disrom jà ci briément.	T el 9 diron ia ci bꝛiement
11	Ce fut escrit el brief le rei	& fut efcrit en bꝛief le rei
	« Jen conferm tot ce et otrei	L e 9f'm de fon otrer
	Que donneirent mi ancesor	Q' donerent mi anceifoꝛ
14	A dam-le-Deu, nostre segnor,	A amedeu noftre feignoꝛ
	A seinte Igliese et as sers Deu,	A fainte iglefe & ef fers deu
	Où que cen seit et à que leu;	O nq' fe feit ou en q'l leu
17	Je conferm bien ci de ma part.	L i 9ferm bien fi dema part
	Mis mestiers est que bien le guart,	M es meftier eft q' len ie gart
38a]	Que qui don i aura donné,	Q' qui don yara donne
20	Por nule male volenté	P ar nulle male volente
	Puis ne lor puisse retolir,	P uis ne loꝛ puiffe retollir
	Ne heirs qui em puisse venir.	N e hers qui en puiffent venir
23	Se il le tout, je le rendrei,	S e il le tot ie le rendꝛei

Qui en l'escrit confermei l'ei;	Q ui en lescrit gferme lei
Et por icen cil qui or sunt	& poz ice cil qui oz st
Nostre feeil et qui serunt,	26 N oſtre ſeel & qui feront
Et dam-le-Deu volent amer,	
Sachent un mant estre en la mer,	S achent vn mont etre ŏ lam' [57b
Où ennorez est seint Michiels,	29 O u henozez eſt ſaıt michel
Qui est mestres-prevo(l)z des ciels.	Qui eſt meſtre pzeuoſt en ciel
Mont de Tumbe l'oi apeler,	M ont de tōbe loy apeler
Assis est em peril de mer.	32 A ſſis eſt en peril dem'
Li dux Richarz en nostre tens,	L idus rich' en noſtre temps
Por amor Deu, si com je pens,	P oz amoz deu ſi g ie pens
De bien en mielz l'a estoré	35 D e biŏ en mieuz la eſtozei
Ou souveraine auctorité;	O ſouuereine autozitei
De l'apostoile dan Johan	D e lapoſteile dan iohan
Ses briés en a, prof a d'un an,	38 S es bzies en a p's a dun an
Qui conferment cen qu'il a feit.	40 Qui gſ'ment ce quil a feit
Mei n'est molt bel et molt mei heit.	41 M l't men eſt bel & ml't mŏ heit
De ses moines de Normendie	D e ſes moines de nozmendie
Jà i a mis grant compagnie,	Y a ia mis grant. gpagnie
Qui servirunt là dam-le-Dé	44 A ſaıt michel par tot ae
Et seint Michiel par tout eié.	
De ceste chose confermer,	D e ceſte choſe gfermer
Que ne la puisse aucu(e)ns dampner	47 Q' ne li puiſt aucun dampner
En nul aié qui jameis seit,	E n nul ae qui iames ſeit
Me requierent et si unt dreit	M e requierent & ſi ont dzeit
38b] Li dux Richarz premier[em]ent,	50 L i dux richart p'mierement [58b
Li archevesques, qui rapent	L arceueſque qui iapent
De ceste afaire grant partie —	D e ceſte choſe grant partie
Envers mei molt s'en humilie —,	53 E n vers moy ml't ſumilie
Li apostoile[s] ensement	L i apoſteiles enſement
M'enn a requis benignement,	M en a requis begnment
Par plusors briés et jà a pose, .	56 P ar pluſoıs bzies & y apoſe
De confermer iceste chose.	D e gfermer ceſte choſe
Por lor amor tant en ferai	P oz loz amoz tant en ferei
Que de ma part commanderai:	59 Q' de ma paıt gmāderei
En icel leu dom ai parlei	E n ycel leu dont ai parlei
Seient moine par tot eié.	S eicnt moine par tot ae
Jel voil eissi, et si commant	62 G e veul eiſſi & ſi gmant
Que emprès mei nul rei poant	Q' enpzes moy nul rey poant
Ne dux qui seit en Normendie	N e dux qui ſeit en nozmēdie
Nostre chartre meis ne desdie;	65 N oſtre chartre mes ne deſdie
Ne ne seit quens ne nus evesques,	N e ne ſeit quens ne nul eueſq'
Neis de Roien li archevesques,	N e de roen li arceueſque
Par qui jà seit meis trespassé	68 Par qui ia ſeit mes treſpaſſe

Q[u]eque avum or confermé ;	C e q' auon oꝛ ɡferme
Por ce le faiz que od franchise	P oꝛ ce le fez q' o frāchiſe [58b
Seient li moine el Deu servise, 71	S eient li moine en deu ſeruiſe
Et qu'il preient que Dex nos gart	& quil pꝛeient q' deu nos gart
Et nostre regne, où il unt part.	& noſtre reigne ou il ont part
Icest precept qui ci est dit 74	J l ceſt p'cept qui ci eſt dit
Et qui par nos ci est escrit,	Et qui par nous ſi eſt eſcrit
Od nostre main le confermuns,	A noſtre main le confermon
D'anel reail le seieluns; 77	D anel roial le ſeelon
Et si alcuns est qui l'enfregne,	E ſi aucuns eſt qui lēfraigne
Escumengiez entretant maigne. »	E ſcumēgiez entre tant majgne
39a] Del priviliege à l'apostoïle 80	D e priueleige alapoſteile
Vo revoil or faire memoire.	Vous reueul oꝛ fere memoire
Johan out non, produen esteit.	J oh' ot nō prodome eſteit
Il commanda el son endreit 83	J l comāda en ſon endꝛeit
Et conferma de sōe part	& ɡferma de ſoe part
Et trés-bien vuelt que l'en le gart,	& tres biē veut que len le gart
Que toz dis meis fust l'abeïe 86	Q' toz dis mes fuſt labeie
De buen convent trés-bien garnie,	D e bon couēt tres biē garnie
Et que li ordres meis i seit	& q' li oꝛdꝛes mes iſſeit
Qui novalment mis i esteit. 89	Qui nouelemēt miſe y eſteit
Le reis Lohier, li dux Richarz,	L i rei lohier li dux richart [59a
Li archevesque[s] de sa part	L i arceueſq' de ſa part
Preié l'en ourent de devant 92	P ꝛeie len oꝛent deuant
Qu'en fesist chartre à remeignant	Q' feit chartre a deu remaignāt
Uncor a-il plus commandé,	E ncoꝛe ail plus comāde
Que esleisent li moine abé 95	Q' eſleiſent li moine abbe
De lor meison tel com voldrunt,	D e loꝛ meſon tel ɡ voudront
Ou d'autre leu, s'iloec n'en unt	O u dautre lieu ſileuc ne lont
Persone alcune convenable 98	P erſone aucune couenable
A estre abé et proufetable.	A etre abbe & profetable
L'eslection par lor esgart	L eslecion par loꝛ eſgart
Bien se alcuns aler voleit 1	B ien loꝛ otreie de ſa part
Et se alcuns aler voleit	& ſe aucuns aler voleit
Enncontre ce que il diseit,	E n contre ſe q' il diſeit
De dam-le-Deu l'escumenie, 4	D e damedeu leſcumenie
De la virge seinte Marie,	D e la uirge ſainte marie
De seint Michiel tot ensement	D e ſaint michel tot enſement
Et de toz seinz sanz finement ; 7	D e toz les ſainz finement
Dedenz enfern seit sa partie,	D e dens enfer ſeit ſa partie
Qui abes iert de l'abeïe	Qui abes ert de la beie
39b] Por nul loier que il en dont, 10	P oꝛ nul loier quil len dont [59b
Et à toz cels quil recevront !	A toz ceux qui receuront
Cest priviliege encor oi(e) unt	C eſt pꝛiueleige encoꝛ oꝛe ont
Nostre moine, qui gardé l'unt ; 13	N oſtre moine qui garde lont

(2314)

Escrit fut bien raisneblement	Escrit fut bien renablement
Quer il i out, se ne repent.	Q' r il y out fene repent
Cist privileiges que oiez,	16 C eft priueliege q' oiez
Em plein concile fut fermez.	E mplein 9cire fut fermez
Haltes persones il nonma	H autes perfones il noma
Li apostoiles quil ferma,	19 L i apofteile qui le ferma
Qui renommées plus esteient	Qui renomees puis efteient
Et dignités gragnors aveient,	& dignitez gregnors auoient
Por le privilige enforcier,	22 P or le priueliege en forcer
Que ne l'osast aucu(e)n froisier.	Q' ne lofaft aucun froiffer
Li dux Richarz, quant trestoz out	L i dux richart quant treftot out
Les privileges que il vout,	25 L les priuieleiges q' il vout
A seint Michiel les a donnez	A faint michel les a donez
Et sor sun altel presentez.	E n for fon autel prefentez
Bien se gardent cil qui seront	28 B ien fe gardent cil qui feront
Par altrui main abei del Mont	P ar autri main abe du mont
Ne meis par cele del convent :	N emes par celle de couuent [60a
Je lor di bien veraiement	31 J e lor di breu veraiement
Que dessevrei sunt tuit de Dé	Q' defeure ft tuit de de
Qui par main laie i sunt entré.	Qui par main laie y ft entre
Maint grant miracle avum veü	34 M aint grant miracle auon veu
Sor cels qui si i sunt venu;	S or ceux qui fi y ft venu
Quer unques un mort n'en i fut,	A u' onq's vn mort ni fut
Ne en sarcoel nul nen i jut	37 N e en farcuel nul nē y iut
Anceis s'en sunt trestuit alé	A inz fen ft cil treftot ale
Enz en lor lige poësté.	E inz en lor lige poefte
40a] Li archangles enz en lor vie	40 L i archangre einz en lor vie
Les a mis fors de l'abeïe.	L es amis hors de labeie
Qui de cez diz se marrira,	Qui de cez diz fe marrira
Apertement demostera	43 A pertement demoftrera
Que abes est de l'abeïe	Q' abbe eft de labeie
Malveisement, o vilanie.	M aluefement o uilanie
L'abes Raols par symonie,	46 L abes raol par fymonie
Mun escïentre, out l'abeïe.	M ien efcient ont labeie
D'aultres i a encore assez,	D autres ia encor affez
Qu'avuns veüz en noz aiez,	49 Q' auon veu en noz aez
Que seint Michiel en a mis fors	Q' faint michel en amis hors [60b
En grant poier, sains de lor cors,	E n grant poer fainz de lor cors
Beles persones, clers vallanz:	52 B eles pefones clers vallanz
Dex, se li plaist, lor seit garanz	D ex fi li pleft lor feit garant
Et à toz cels qui ont esté	E a toz ceus qui ont efte
Primes et puis del Mont abé !	55 P rines & puis deu mont abe
Li cuens Richarz, emprès ses dons,	L i quens richart apres ces dōs

Asembleiz a toz ses barons.	A ſeblez a toz ces barons
Un fiz aveit de sa mollier, 58	V n fiz aueit de ſa moiller
Dame Gonnor; si l'out molt chier.	D ame gonoꝛ cil lot ml't chier
Richarz out non, corteis et sages,	R ichart ot nõ coꝛteis & ſages
Proᴜz et hardiz, donnerre(i)s larges. 61	D oniers pꝛoz hardiz & larges
De sa terre l'a herité;	D e ſa terre la herite
Tuit li baron l'unt greanté.	T ot li barõ lont garãte
Grant leiece ourent icel jor 64	Gꝛa nt leeſſe oꝛent icel ioꝛ
Que le reçurent à seignor.	Q' le recurẽt a ſeignoꝛ
Li dux vesquit ne sei combien,	L i dux veſquit ne ſei ɡbien
Quer je n'en voil mentir de rien. 67	Q' r ie ne veul mẽtir de rien
Quant il morut, ce fut dolor;	Qᴜa nt il moꝛut ſe fut doloꝛ
Mais Dex li fist si grant enor	M es dex li fiſt ſi gꝛant henoꝛ
40b] Que emprof lui tel heir leissa 70	Q' ẽp's lui tel her leſſa [61a
Qui sa terre bien governa.	Qᴜi ſa terre bien gou'na
Del viel Richart ne disrei plus;	D eu viel richart ne direi plus
Mais de son filz, qui fut bue[n]s dus 73	mes de ſon fiz qᴜi fut bon dus
Et bien governa Normendie,	& bien gou'na noꝛmẽdie
Ne vuiel leissier qu'auques n'en die.	N e ueul leſſer quauq's nendie
Plusors mostiers fist par sa terre, 76	P luſoꝛs moſtiers fiſt en ſa t're
Où en son tens n'out point de guerre;	O nc en ſon tens nout poīt d gu're
Seinte Igliese toz dis ama,	S aint yglefe touz dis ama
Et dam-le-Deu molt li donna. 79	
Del Mont siés peres li preia,	D eu mont ſon pere le pꝛeia
Et il por lui molt l'enora;	& il poꝛ lui ml't lenoꝛa
Plus i donna et plus i ɪnist 82	P lus idona & plus imiſt
Que ainz ne puis nus huens ne fist.	Q' ainz ne puis nus hons ne fiſt
La chartre en ont encor(e) li moine,	C hartre en ont encoꝛ li moine
Qui toz ses dons lor testemoine; 85	Qᴜi touz ces dons loꝛ teſtemoine
Ge la lui jà et esgardei,	J e la leu ia & eſgardei
Or vos disrai que i trovei:	
Icen i vi que il donout 88	J ce iui que il donout
A saint Michiel et otriout	A ſaint michel & otriout
Et as moines qui sunt el Mont	& as moines qui ſunt en mont
L'abeïe que encore unt 91	L abeie q' encoꝛe ont
De Seint-Paier en Costentin.	D e ſaint paer e coſtentin [61b
N'i a igliese ne molin	N i a igleſe ne molin
Ne bois ne plaign, terre ne pré, 94	N e bois ne plain terre ne pꝛei
Que ne lor ait trestout donné.	Q' ne loꝛ ait treſtot donei
Dès le chemin de Hochingnié	D es le chemin de hoquigne
Desqu'à la mer tout a donné; 97	D es qualamer loꝛ a done
Neies de Tarn trésqu'en valée,	N eis de tarniz tres quen valee

Mont		S. Michel
	(2399)	
O Cause, donne la contrée....		O cauſe done la gtree *)
41a] De l'apostoile et des evesques,	00	D e la poſteile & des eueſq's
Del rei Lohier, des archevesques.		D eu rei lohier des arceueſq's
As moines donne et au leu		E ꝫ moines done & au leu
A toz dis meis, por amor Deu.	3	A toz dis mes poꝛ lamoꝛ deu
El borc del Mont fut cis duns faiz,		E n borc deu mont fut ceſt dō feịt
Encore est-il tenu[z] en paiz.		E ncoꝛe eſt il tenu empez
Por nul forfait jà fors del Mont	6	P oꝛ nul foꝛfeit ia hoꝛs du mōt
N'irunt plaidier cil qui i sunt,		N i rout pleider ceux qui i ſ't
Li plait sunt tuit devant l'abei		
Neies de la crestīentei;	9	
Archediacres est del Mont,		
Toz justise cels qui i sunt.		
Ses clers, ses moines toz mesra	12	S es clers ſes moines toz metra
A ordener là où voldra;		A oꝛdener la ou voudꝛa
Il-meïsmes beneïçon		J l meimes beneicon
Aura emprof s'election,	15	A ura ap's leslection

*) Es folgen:

& chantelou entoꝛ dona
B oꝛ iglefe & quāqui a
3 T erre gruibaut & bꝛiq'inle
& en len guerone en flameinle
R ail done & la mitei
6 D e eringart uile rotrie
Le feu durant de deus velle
E n gerſe loꝛ a done
9 T reſtot le leu perrō le moine
L a chaitre en trei a teſtemoine
L a colūbe iraioſta
12 M oſtier & bois & ce q' ia
E n terreoꝛ de la rochele   [62a
O le molin & o le pꝛe
15 L a t're au pere a vn abbe
D an heldebert loꝛ a done
L une mitei deuuïdꝛeinle
18 T reſtot v'ſon & bꝛetainle
Q' famere pꝛines dona
O veuc les dons gfermu a
21 M aidꝛe carre & marrigne
C ure foꝛges & foligne
M agne mace & dꝛuuui auei
24 P arle melen tet cromerei
P eleogˉ & eſchallie
& la uile de v'gonce
27 E nꝛ ei pais daurechein
A ſaint michel rēdit ſanz fin
D eu don guillaume le marchis
30 Qui fut ſon ael ce meſt uis

D eſoꝛ lam' deu fuen dona
T out ſaint iehan ſi g nia
33 M eſuil remgier miſt o ſon don [62b
L eiz moꝛtein ſe releiſon
T ot le cogneu de labeie
36 A ſaint michel done & otrie
D es marcheans qui i vēdꝛont
M archandiſe & poꝛteront
39 & de treſpaſſanz de treſtoꝛ
S i g il out & ans & ioꝛs
V ne iglefe ail donee
42 M edens le mont en la ualee
D e ſaint pere par tel hennoꝛ
Q' r ſeue eſteit a icel ioꝛ
45 Q' li abbes & li couenz
C lers i metront a loꝛ talenz
Qui poꝛ fame meſſe diront
48 & poꝛ ſe hers tant g viuront
S é aucun deſ clers deſpeſaumēt
F eit le ſeruiſe ou oꝛdement
51 L i abbes le peut en deſſonꝛ
M eitre ou li moine ſolonc le tēpꝛ
& ſe poꝛ ſe ne ſe chatie   [63a
54 D e li oſter ont la ballie
& de poſer autre en ſō leu
C ia par fei honeſte lieu
57 Qua nt qua eueſq' aparteneit
& a ſeignoꝛ en tot endꝛeit
S i g ſon pere le dona
60 P ꝛemierement & poꝛchaca.

De quel evesque que voldra:	D e q'l euefq' q' uoudɪa [63b]
De l'apoistoile otreiz en a.	D e lapofteile otreiz en a
Li dux Richarz icen donna,	18 L i dux richart ice dona
Et li evesque l'otreia,	& fon euefq' lotria
Qui d'Avrenches teneit le sié,	Qui daurēches teneit le fie
Oiant barons et le clergié;	21 O ianz barons & le clergie
Maingis out non, cen vei escrit	M augis ot nō ce ui efcrit
Enz en la chartre, où son seing fist.	E nz en la chartre ē fō feign fift
Richart, Robert graanté l'unt,	24 R ichart robert garāte lont
Qui ambedui filz le duc sunt ;	Qui ambedui fiz le duc funt
Neies Robert li archevesques	N eis robert li arceuefque
Otrei en fist o les evesques	27 O trei en fift o li euefq'
Sor qui esteit sa poëstei,	S oɹ qui efteit fa poeftei
Qui en la chartre sunt nummei.	Qui en la chartre f't nūmei
41b] Quant el fut faite et acheveie,	30 Qua nt el fut fefte & efcriuee
A seint Michiel l'a presenteie	A faint michel la prefentee
Li dux Richarz honestement ;	L i dux richart honeftement
Desus l'autel fist le present.	33 D e fus lautel fift le pɹefent
Je n'enn ai dit ne meis la somme.	J e ne ai dit nemes la fomme
Emprof sa mort firent si homme	A pɹes fa moɹt firent fi home
De son ainzné filz lor seignor ;	36 D e fon ainz nei fiz loɹ feignoɹ [64a]
Richart out non. A grant ennor	R ichart ot non a grant henoɹ
Un poi de tens les governa.	V n poi de temps les gou'na
Robert, sis freres, pois regna.	39 R obert fon frere puis regna
Cist Robert out un filz, Guill(e)alme,	C eft robert out vn fiz guillaume
Qui a comquis tout le realme	Qui a conquis tot le reaume
D'Engleterre par poësté	42 D engleterre par fa poftei
Et s'en est fait rei coroné.	& fen eft feit rei coɹonei
L'une meitié de Guerrner(i)e[i],	L une mitei de guernerei
Qu'avun eü de ci qu'à oi(e) ;	45 Quauon veu de fi qua hue
Les costumes et le melage	L œ cotumes & le treuage
De tutel l'autre, qui est large ;	D e tote lautre qui eft large
Dragie, Tisse et Tisseel,	48 D ɹage tyffe & tiffeel
Goout, Obreie et Poterel ;	G oont obɹeie & poterel
Bele-vile la lande pois,	B ele uile la lande pois
Si cum el livre escrit le trois ;	51 S i ɡme en liure efcrit truis
Dous bocheals, Crapout, Neirum,	D ous bocheaus	C rapout neiron
Tote Beveie par en son,	T ote beueie par enfon
Les costumes de tout Bevrum,	54 L e cotumes de tot beuron
Togne et terres envirum,	T oigne & terres enuiron [64b]
Et vint molins en la valée,	& vin molins en la valee
Et altre cinc en la contrée	57 & autres out en la contree
De Beeissin desus Obdun,	D e beeffin de fus oudon
Enz en la vile de Versun,	E nz en lauile de uerfon
42a] A seint Michiel donne en son tens	60 A faɪt michel done en fon tēps

	(2461)	
Li dux Robert, et en porpens		L i dus robert & o poɿpens
Chartre en a feit, si l'unt li moine;		C hartre en a feit ſi lont li moɪe
Escrit i sunt li testemoine.	63	E scrit i ſ't li teſtemoine
Ennoi sereit de l'escouter,		E nnui ſereit de leſcöter
Se je voloie ore aconter		S e ie uoleie oɿe aconter
Toutes les chartres as barons	66	T outes les chartres es barons
Qui donnerent les riches dons.		Q*ui* donerent les riches dons
Por ce de cest ici leirons,		P oɿ q*u*ant de ceſt ici leron
Des miracles repalerons.	69	D e miracles repaleron
*Explicit .ij.*ᵘˢ *liber. Incipit .iij.*ᵘˢ		
Oï aveiz cum faitement		O y auez *9* fetement [65a
Seint Autbert fist premierement		ſaint aubert fiſt pɿemieremēt
La chapele desus le Mont,	72	L a chapele defus le mont
Et des reliques qui i sunt,		& des reliq's qui iſunt
Cum il les quist et porchaça;		*9* il les quiſt & poɿchaca
Et quant les out, mises les a	75	& qu*a*nt les out miſes les a
En une boiste et seillées.		E n vne boiſte & felees
Unques n'en furent puis ostées.		
En une chasse aprof assist	78	E n vne chaffe ap's affiſt
Icele boiste où il les mist,		J ceſte boiſte ou il les miſt
Desus l'autel honestement;		D eſus lautel honeſtement
Encore i sunt veraiement.	81	E ncoɿe i ſūt il vɿaement
Del paile i out qui laissié fut,		D eu paile iot qui leſſe fut
Et del marbre sor quei estut		& deu marbɿe ſus qui ſeſtut
Li archangles qui dedia	84	L archangres qui dedia
Monte-Gargaigne, lonc tens a.		M onte gargaigne lonc tāps a
Longuement puis que fut seintiz		L onguement puis q' fut ſaɪtiz
Li bons Autberz et desfoïz,	87	L i bons aubert eſt deffoiz
Dedenz le Mont out un chanoine,		D edens le mont ot uns chnoines
Ainz que i(l) fussent mis li moine,		Einz q' iſuffent mis li moines
42b] Qui enquist molt et demanda	90	Q*ui* enquiſt ml't & demanda
A cels qui ierent o lui là,		A ceux q*ui* erent o lui la [65b
Si aucuns d'els vit unques traire		S i aucun deus vit onq's trere
Les reliques, por nul afaire,	93	L es reliq's poɿ nul affere
Que seint Autbert aporter fist		Q' ſaint aub't apoɿter fiſt
De Gargaigne, que li desist.		D e gargaigne q' li deiſt
Respondent eil : « Unc ne veïames	96	R eſpondeut onc ne veimes
Ne d'omme nul parler n'oïsmes		
Qui unques une en maniast		Q' onq's vne en maniaſt
Ne avant traire les osast ;	99	N e auant treire les oſaſt
Nos-meïsmes rien n'en savum,		N os meimes rien nē ſauō
Ne meis issi cum nos l'avum		N emes eiſſi *9* nos lauō
Oï conteir par maintes feiz	2	O y conter par mainte foiz
As ancesors: icen creiez. »		D es anceiſoɿs ice creiez
— « Par fei ! fist-il, pris m'est talent		P ar foy fiſt il puins meſt talāt

| 10289 | Roman | 58 (2505) | du | 26876 |

De veier-les apertement.	5 D e veir les apertement
Si m'aït Dex, ou je(e)s verrai,	S e meiſt dex ou geſ v'rei
Mun escientre, ou je morrai.	M on eſcientre ou ie moɿrei
Molt vos voldreie ẗoz preier	8 M l't vous uodɿeie ẗoz p'ier
(Que Dez vos gart de [des]torbier!)	Q' dex vos gart de deſtoɿbier
Que sofriéssiez que jes veïsse	Q' ſoufriſſez q' les veiſſe
Et de la casse les traïsse.»	11 & de la chace les treiſſe
Tuit li dïent qu'il se repost,	T uit li dient q' ſe repoſt [66a
Quer folie est que veier ost	& folie eſt que veir oſt
Le seintuaire et descouvrir;	14 L i ſaintuere & deſcourir
Tost l'en porre(n)[i]t mal[s] avenir.	T oſt len poɿreit mal auenir
Cume il plus li deslo[o]ient	ɡ il plus li defloouent
Et del leissier conseil donn oient,	17 & deu leſſer ɡſeil donouent
Et il ẗoz dis plus esperneit	& il toɿioɿs en eſpeɿneit
D e veier ce que il diseit.	D e veir ce q' diſeit *)
43a] Ancieine costume esteit	20 A nciene coſtume eſteit
Que jà par nuit en nul endreit	Q' ia par noit en nul endɿeit
N'osast entrer huem desolz ciel	N oſaſt entrer home ſoɿ ciel
Dedenz l'igliese Seint-Michiel	23 D edenz ligleſe ſaint michel
Por nul besong que il eûst,	P oɿ nul beſoign q' il euſt
Ne clers, ne lais, quels que il fust,	N e clerc ne lei q'l q' il fuſt
De ci qu'à l'ore que chaiet	26 D e ſi q' laloe chaiet
Li orloges qui fors estei(e)t,	L i oɿloɿges qui foɿs eſteit
	Qui les moines leuer feſeit [67b

---

*) Es folgen:

C hecun li dit de ſa partie	O vn cutel la uot ourir
Q' leſt eſter ceſte folie	24 M es ſaint michel nel pot ſoffrir
3 S euffre & eſgart & left eſter	S i ɡ il a la mein leuee
S ɡ ont feit iadis ſi per	J ſnelepas eſt areſtee
T reſtot loɿ los & loɿ ſarmon	27 O nc ne la pot retrere aſei
6 N e li valurent vn boſton	N e remuer le toɿ dun dei
O nq's poɿ eus nen vout leſſier	A p's ice perdit loie
A inces les pɿint a depɿaier	30 D e la parole ne ra il mie
9 S i ɡ il ſont pl ɡ ſouplement	A veuglie eſt gote ne veit
T ant a pɿeie q' vreiement	D ex en a pris ml't haſtif dɿeit
A la parfin ont graante	33 C il qui le uirent ſ't eſbahiz [67a
12 Q' il face ſa uolente	P ooɿ oɿent li puls hardis
Qua nt ot lotrei & le congie [66b	J ſnelement lont remue
A meruelle par ſen feit lie	36 & de ligleſe hoɿs poɿte
15 T reis pɿines ieune a	L ame deu coɿps ſen ua tŝtoſt
E ſon coɿps deue tot laua	P uis q' il fut deu moſtier hoɿs
A u defrein meſſe a chantee	39 D ex moſtra bien apertement
18 A u metre autel & ſelebɿee	Q' feit aueit fol hardement
A la parfin quant dite fu	A umien eſper ſil li leſiſt
S i ɡ il eit bien reueſtu	42 M l't volentiers ſen repentiſt
21 D e la fute la boiſte oſta	C il ſil li pleſt garant li ſeit
D e ſus lautel aſſiſe la	Qui aſimagre feit laueit

Qui les matines terminout:
Li segreteins lors i entrout.
Totes les gardes fors gesoient
En lor maison que el[e]s aveient.
Ce faiseit l'en tout por l'archangre,
Qui i hantout, et li seint angre.
Cil qui voleient escouter,
Les o[o]ient souvent chanter.
Lor chant esteit cleirs et seriz
Comme de si seinz esperiz.
Apertement les reve[e]ient
Mainte feiée, cen diseient,
Li segrestein qui là geseient,
Quant guarde et escout s'em per-neient.
Cil seint espirt molt i chantoient;
De lor clartei enluminoient
Tote l'igliese, quant veneient.
Les compangnes granz i esteient.
Entre tant vint au marruglier,
Oiant les gardes del mostier,
Uns huem (mès ne sei cum out non,
Ne se sil fut de la meison)
43b] Por demander lor grant folie;
Ne leirei pas ne la vos die:
Il lor demande que deveit
Que el mostier nuls ne geseit,
Si cum en altres plusors funt,
Où cez chieres reliques sunt;
Ne n'i leit l'en nul homme entrer
Dès qu'il ennoite, por ourer.
Respondent cil: «por reverence
Des seinz angles donc grant frequence
I a par nuit espessement;
Si ne porreit nuls voirement
Souffrir veier cele clarté
Dunc sunt li angle avironné.»
— «Par fei! feit-il, empensé ai
Que une noit i veillerai,
Se l'en souffrir le me voleit.»
Chascuns en rist qui cen oieit,
Il quidouent qu'il se joast
Et que ses diz à gab tornast;
Mais puis que virent ques preiout

& lematines termnout
29 L i ſegreiteins loꝛs y entrout
T otes les gardes hoꝛs iſſeient
E nloꝛs meſons il auoient
32 C e feſet lē tot par larchangre
Q*ui* ichantout & li ſaīt angre
C i q*ui* le uoleient eſcouter
35 L eoient ſouent chanter
L oꝛ chant eſteit clers & ſeri
9 me de ſi ſainz eſperiz
38 A pertement les reueient
M ainte fiee ce diſeient
L i ſegreiſtein q*ui* la geſeient
41 Q*ua* nt gade & eſcout ſē pꝛeneient
C il ſaint eſperit ml't i chāteiēt
D e loꝛ clarte enlumineient
44 T oute ligleſe q*ua*nt ueneient
L es compaignies gr*a*nz i eſteient
E ntre tant vint marrublier
47 O iant les gardes deu moſtier [68a
V ns hons ne ſe 9mēt ot non
N e ſe il fut de lameſon
50 P oꝛ demāder loꝛ gr*a*nt folie
N e lerei pas ne le uos die
J lloꝛ demāde q' deueit
53 Q' en moſtier nus ne geſeit
S i 9 en autres pluſoꝛs font
O u ſes chieres reliq's ſunt
56 N e ni leit len nul hom entrer
D es quil anuite poꝛ oꝛer
R eſpondent cil poꝛ reuerēce
59 D e ſainz angles dōc gr*a*nt freq'nce
Y a par nuit eſpeiſſement
S i ne poꝛreit nus vꝛaiemēt
62 S offrir veir cele clarte
D onc ſont li angre auirone
P ar fei fet il empēſe ai
65 Q ue vne nuit i vellerai
S e lē ſofrir leme voleit
68 J l q*ui*ïdeient qui ſe ioaſt [68b
& q' ces diz agas toꝛnaſt
M es puis q' uirent qui pꝛeiout

Et à de certes tot tornout,
Quant que lor ont primes conté,
A lor maistres ci l'ont mostré.
En folie tenu le runt,
Jà otreiz nul ne len ferunt
De ceste ovre por nule rien,
Trestuit s'en sunt afichié bien ;
Mais nequeden tant les preia
Que(r) par ennui veincuz les a :
44a] Otrīé ont cen qu'il requist,
Unques dangier nuls ne l'en fist.
Toz prof en prof treis jorz juna,
Al derraien bien se lava ;
En l'aserant s'en est entrei
Dedens l'igliese, et recutei
En un angleit, à une part
Où chandele ne ceirge n'art.
Endreit prinsomme s'effreia,
Quer visions veües a ;
De la poor que il en out,
Unques une conter n'en sout ;
Sum chief couvrit, si se mucha,
Jus à terre s'acraventa.
Aprof icen el mostier vit
Molt grant clarté, si cum il dit ;
En la clarté vit seint Michiel
Et la Raīne, ou lui, del ciel,
Et le portier de pareīs,
De l'autre part, cen li fut vis.
Le mostier vunt avironnant
Dedenz entor, et poralant.
De là où ert et se geseit,
Saint Michiel ot qui se plengneit
A cels qui eirent ovec lui,
Que el mostier aveit senti
De caroigne puor molt male :
De la poor devint cil pale ;
Esguardé a cele partie
Où a la voiz de l'angle oïe,
44b] Marrīement le vit venir
Vers sei molt tost, ne pout fuī(e)r.
Leiz lui li angles s'aresta :
Cruël vis out, ce li sembla,
Irie chose bien semblout.
Merci cria, si cum il pout.

(2371)
71 & adecertes tot tornont
Qua nq' loz out primes conte
A loz meftre fi lont moftre
74 E n folie tenu le ront
J a nul otrei ne len feront
D e cefte euure poz nulle rien
77 T reftoz fen ſt afiche bien
M es neq'deit tant les preia
Q' par ennui veincuz les a
80 O trie ont ce quil requift
V nq's dangier nul ne le fift
T out pres emp's treis iors ieuna
83 A u defrein tot fe laua
E n laferant feneft entre
D edens liglefe & recute
86 E n vn anglet a vne part
O u chandele ne cirge nart
E n dreit prinfome lesfreia [69a
89 Q' r vifions veues a
D ela poor q' il en en aut
V nq's vne conter nen fout
92 S on chief courit fi fe muca
J us aterre fagrauenta
A p's ice en moftier vit
95 M out grant clarte fi 9 foleit
E n la clarte vit fain michel
& la reigne olui du ciel
98 & le portier de paradis
D elautre part ce li fut uis
L e moftier vont auironat
1 D edenz entoz & poralant
D e la ou ert . & fe gefeit
S aint michel ot qui fe plegniet
4 A ceus qui erent ouec li
Q' en moftier auet fenti
D e caroigne puoz ml't male [69b
7 D la puoz deuint cil pale
E fgarde a celle partie
Q' a la uoiz de langre oie
10 M arriement le vit venir
V ers fei ml't toft ne pout foir
L eiz li li angre farefta
13 C ruel vis ot fi li fembla
J ree chofe bien fcblot
M erci cria fi 9 il pout

De sa misere pitié unt	16 D e fa mifere pitei ont
Li dui qui o seint Michiel vunt.	L i dui qui o faint michel vot
C[e] est la Mere Jesu-Crist	C eft la mere ih'u crift
Et seint Pierres, si cum cil dist;	19 & faint pere fi 9 cil dift
A seint Michiel preient que ait	A faint michel p'ient q' il ait
Merci de cel homme forfait.	M erci de cel home fozfeit
Fait aveit grant presumpcion;	22 F eit aueit grant p'fompcion
Meis or li preient que pardom	M es oz li p'ient q' ait pardon
Por lor amor de cest li face.	
Cil se geseit enz en la place.	25
Il lor respont que non fera,	J lloz refpont q' non fera [70a
Ja cest forfait ne pardonra:	J a ceft fozfeit ne pardonra
As sainz espirz grant tort a fait,	28 E s fains efperiz grant tozt feit
Souffrir deivent que peine en ait.	S offrir deuent que peine ē et
Il li dient: « Se vox voleiz,	J li dient fe vous volez
Seveaus non trueves li donneiz	31 S eueaus non treues li donez
Tant que as angles ait dreit fait	T ant q' af angres ait feit dzeit
A qui il a gra[n]ment forfait? »	A qui il a granment fozfeit
Seinte Marie pleige en fu,	34 S aīte marie pleige en fu
Cen a i puis reconneū.	S e ail puis recogneu
La dame s'est vers lui clinée,	L a dame cest v's li clinee
Si li a dit comme senée:	37 S i li a dit 9me fenee
« Di, celibert, por quei venis	D i celibert poz q'i venis
En cest mostier, que i queīs ?	E n ceft moftier & qui q's
45a] Lieve tost sus et si t'en eis;	40 L ieue toft fus & ten eis
Si faces dreit, icen te rois,	S i faces dzeit ice te reis
A seint Michiel, quant tu porras,	A faint michel quant tu porras
Et as angles, qui tort fait as. »	43 E es angres qui tozfeit as
Si cum il pout s'est remüez	S i 9 il pout ceft remuez [70b
Et de l'igliese fors alez	& de liglefe hozs alez
Par mié la porte, qu'a trouvée	46 P arme la pozte qua trouee
Trestote ouverte et esbaiée;	T reftote ou'te & efbaiee
Iluec el porche est arestez,	J lleuc en pozche ceft areftez
Si se coucha sor les desgrez;	49 S i fe coucha fus les degrez
Malades est, si se pleigneit,	M alades ert fi fe pleigneit
De ses pechiez se repenteit.	D eces pechez fe repenteit
Li orloges à tant sonna :	52 L i ozloges atant fona
Li segresteins molt tost leva,	L ifegreifteins ml't toft leua
El mostier veit, si l'a cherciè:	E n moftier va fi la cerchie
Esbahi s'est et esmaié	55 E fbahi ceft & efmoie
Quant il n'en a celui trouvé	Qua nt il na celui troue
Qui [s'i] esteit le seir entré;	Q ui y efteit lefeir entre
Por veir quide qu'il ait robée	58 P oz uer cuideit quil euft robee
Toute l'igliese et violée;	T ote liglefe & violee
A ses serjanz rest tost alez:	A ces ferianz reft toft alez

(2661)

«Seignor(s), fait-il, por Deu levez, 61 S eignors feit il por de leuez
Et le larrum par tot querez & le larron partot q'rez [71a
Qui nos a toz ennuit robez!» Qui nous atoz ennuit robez
Ilnelement cil sunt levé, 64 J fnelement cil f't leuez
Tot le mostier ont poralé; T out le moftier ont por alez
Al derraien vienent as portes, A u defrein vindrent es portes
Qui bien eirent fermes et fortes, 67 Qui bien erent fermes & fortes
Desferment-les, eissu s'en sunt: D efferment les ieffuz fen f't
L'omme malade trouvé unt L ome malade troue ont
45b] Iluec devant où se geseit 70 J leuc deuant ou fe gefeit
Et à bien prof l'ame traieit. & a bien preuf l'ame traiet
Por lor meistre coru resunt, P or lor meftre coru refunt
Isnelement menei li unt. 73 J fnelement mene li ont
Il veit celui mesaiesié, J ueit celui mefeeifie
Prise l'en est. molt grant pitié; P rinfe leneft grant pitie
Demande-lui que il aveit, 76 D emande li q' il aueit
Con faitement eissuz esteit E n q'l maniere iffuz efteit
De l'igliese, qu'aveit eü. D e ligleife quaueit eu
Cil li a tot reconneü, 79 C il li atot recogneu
Conté li a sa vision C ontee lia fauifion [71b
De chief en chief, sanz grant sermon. D chief en chief fanz lonc farmō
Quant le jor vit l'endemein cler, 82 Qua nt le ior vit lendemain cler
Se fist trés-bien decepliner S efift tres bien decepliner
Devant l'autel apertement, D euant lautel apertement
Si quel virent tote la gent; 85 S i q' le uirent tote lagent
Dous jorz vesquit, molt a ploré, D ous iors vefcut ml't a plore
A toute gent merci crié, A toute gent m'ci crie
A seint Michiel meïsmement 88 A faint michel mefmement
Vers cui s'esteit forfait griément. V ers qui cefteit forfeit griemēt
D e cest siecle est al tierz alez; D e ceft fiecle eft autiers ale
Ge n'espeir pas qu'il seit dampnez. 91 J e nefper pas quil feit dāpne
46a] Altre miracle vuil escrire A utres miracles veul efcrire
En romanz et metre en cest livre. A en romanz & metre ō ceft liure
Li Mons fut ars par noit jadis 94 L e mont fut ars par nuit iadis
Por les pechiez, cen m'est avis, P or les pechiez ce meft auis
A cels qui donc iluec maneient: A ceux qui dōc illeuc maneient
Quer malement alquant viveient. 97 Q' r malemēt aucūs viueiēt
El borc aval li feus esprist; A ual en borc le feu efprift
Tant est creüz que tot conquist, T ant eft creu q' tot 9quift
Ne mès le leu tant solement 00 N emes le leu tant folement [72a
Où seinz. Autberz jut longuement. O u faint aubert iut longuemēt
Unc n'i remest riens del mostier, O nc ni remeit rien du mftier
Que feus peüst ardre ou trenchier. 3 Q' feu peuft ardre ne trēchier
Quant li feus commencha esprendre, Qua nt le feu comēca a efprēdre

Mont		S. Michel.
	(2705)	
Cil qui ne volent plus atendre		C il qui ne voleient pl9 atēdꝛe
Ce sunt li moine et lor serjant;	6	C e fūt li moine & li ſeriant
Ou criz, o plor, o duel molt grant,		O cri o ploꝛ o deul mot grant
Les ornemenz et le tresor,		L es oꝛnemenz & le treſoꝛ
Fieltres d'argent et vaissels d'or	9	F utes dargent & veeſſeus doꝛ
Portez en unt hastivement		P oꝛtez en ont haſtiuement
En seûr leu et fors de gent;		E n ſeur lieu & hoꝛs de gent
La grant chasse, qui iert dorée,	12	L a grant chaſſe qui ert doꝛee
O l'autre chose en ont portée.		& lautre choſe en ont poꝛtee
Aprof icen que fut alez		A pꝛes ice q' fut alez
Trestoz li feus et aclassez,	15	T reſtot li feus & aclaſſez
L'abes Mainart, si cum il pout,		L abbe menart ſi g il pout
S'est herbegiez al muielz qu'il sout.		S eſt herbergiez amieuz qui ſout
Li dux Richarz li aïa.	18	L i dux richart li aia [72b
Delivrement (s)[l]e herbeia;		D eliurement le herberia
Un apentiz a fait de fust		U n apentiz a feit de fuſt
Desus l'autel, que n'i pleūst.	21	D e ſus lautel qui ni pleuſt
46b] Por cen qu'il sout que sanz larruns		P oꝛce quil ſout q' ſans larrons
N'ardent en borc gaires meisons,	24	N ardent en boꝛc gueres meſōs
Ainz, quant ōent le feu crīer,		E inz quant oient le feu crier
En eirre vunt là por embler,		E n erres vont poꝛ aſſēbler
A fait garder se il aveit	27	A feit garder ſe il aueit
Ses reliques, si cum deveit.		S es reliq's ſi g deueit
Al suen espeir eslēu a		A u ſuen eſper eſleu a
Des meillors moines que il a,	30	D es melloꝛs moines q' il a
Si lor commande que il veient		S i loꝛ gmāde q' il uoient
Se les reliques i esteient.		S e les reliq's y eſteient
Aprof icen que out cantée		A pꝛes ice q' ot chantee
Chascuns sa messe et celebrée,	33	C hecun ſameſſe & celebꝛee
Si cum il ierent revestu,		S i g il erent reueſtuz
A la grant chasse sunt venu,	36	A la grant chaſſe ſ't venuz
Qui esteit mise honestement		Qui eſteit miſe honeſtement [73a
Desus l'autel et richement,		D eſus lautel & richement
O ornemenz riches assez,	39	A oꝛnemenz riches aſſez
Dès que li feu[s] fut trespassez.		D es q' li feu fut treſpaſſez
Dedenz aveit une chassette,		D edens aueit vne chaſſcte
Et ilueques iert la boistete	42	& illeuc ert la boiſtcte
Où seint Autbert out totes mises		O u ſaint aub't out totes miſes
Les reliques que aveit quises.		L es reliq's q' aueit quiſes
Tot entier ont l'uisset trové	45	T out entier ont luſſet troue
De la grant chasse et deffermé;		D ela gramt chaſſe & defferme
La petitete traite en unt,		L a petite treite en ont
Desus l'autel assise l'unt;	48	D eſus lautel aſſiſe lont
De totes pars l'unt esgardée,		D e totes pars lont eſgardeo

(2749)

Trestote seine l'unt trouvée.	T reſtote ſaine lont trouee
(Cen ne sei-jen cum fut ostée.)	
Un[s] des moines la desferma.	V n de moines la defferma *)
47a] Uncor vuil metre en cest romanz 51	O ncoʒe ueil en ceſt romanz
Un miracle qui est molt granz.	moſtrer miracle beaus & granz
L'abes Mainarz, et dan[s] Norgout,	L abbes menart & dan noʒgout
Qui Avrenches donc gouvernout, 54	Qui aurenches donc gou'nout
Asemblé sunt à parlement	E nſeble ſt a parlement [75a
A la Roche, si cum l'entent,	A la roche g ientent
Le jor devant la Seint-Michiel ; 57	L e ioʒ deuāt la ſaint michel
Meis je ne sei par Deu del ciel	M es ie ne ſei paʒ deu deu ciel
Por quei il furent assemblé;	P oʒ q'i il furent afeble
Meis ce sei bien de verité 60	M es ie ſei bien de uerite
Que ne fut pas lors achevé(z)	Q' ie fut pas loʒs acheuez
Cen por quei erent assemblé(z).	C e poʒ q'i erēt afeblez
A l'avesprant departi sunt, 63	A laueprant departi ſt
La[n]demein dient que vendrunt	L endemein dient q' uēdʒont
Iluec-meïsmes où or sunt,	J lleuc meimes ou cil ſt
Et lor parole acheverunt; 66	& loʒ parole acheueront
Meis por la feste et por la mer	M es poʒ la feſte & poʒ la mer

---

*) Es folgen :

V eant les autres enz garda	L i abbes toſt ceſt reueſtu
L a boeſte nont neent trouee	Qui de ioie eſt tot ʒmeu
3 C e ne ſe ie g fut oftee	30 & ſi moine tot enfement
g ſeil prennent q' ens feront [73b	A la roche vont liement
T res ioʒs dient q' ens iunerōt	O n li pefchoour les mens
6 L i peuple ert ʒoʒeiſonʒ	33 T out le peuple o eus ala
& en grandes afflictions	L a boiſte treuuent deffermee
D eu preierent q' les gſeit	& defcouu'te & efbaiee
9 & de loʒ boiſte les aueſt	36 V eans toz eus ſe reſerma
O damedeu ſen font toine	S i gq's nul ʒi tocha
O iz les a par ſa boʒte	A merueilles lont tuit tenu
12 D ous ioʒs aueient ia iunez	39 Q' r qui q' veut ſi la veu
& deu tiers ert medi paſſez	J oioſement len ont poʒtee [74b
Qua nt de peſchier vn om venet	& en la chaſſe raloee
15 B iſ p's de none etre poeit	42 O u elle fut p'micrement
D euant ſei en mont regarda	C eſt miracle vit maite gent
S ouz vne pierre veue a	P ar maintes faiz ſt puis garis
18 V ne clarte qui defcēdeit	45 P luſoʒs fieuros qui i ont doʒmi
D euers le ciel g vn rai dʒeit	D efus la pierre ou fut trouez
J ce haſta ſi auenu	C il ſaintuere q' oiez
21 L a ou le rai aueit veu	48 L es pelerins lont henoʒee
E ntrer vit enz cele clarte [74a	& li homes de la gtree
Qua ns q' poʒtout ins a gete	V eeir lalouemt volentiers
24 O nc les reliq's ne chocha	51 L onguement fut le perrō chierſ
N e poi ne grant nef mania	C il qui feiuent encoʒ la pierre
A lalbe coʒt ſi li adit	L anoʒent ml't & tienent chiere
27 C e qua troue & ce q' uit	

Les convenè(n)t or dessevreir.	L es coueneit donc deceurer
L'abes s'en veit en s'abeïe;	69 L abbe fen veit afabeie
Meis li evesque[s] nel suiet mie,	L ieuefq' nen fuit mie
Ancies s'en veit en s'evesquié.	A inces fen veit a fe euefque
Departi sunt ambedui lié.	72 D epartiz f't touz dous du lieu
Icist evesque[s] que oiez	J ceft euefq' q' oez [75b
Nobles huems fut et bien letrez,	Nobles homs fut & biə leitrez
Les moisnes molt toz dis ama	75 L es moines ml't toʒioʒs ama
Tant cum vesquit, et enora;	T ant 9 vefqut & ennoʒa
As jorz junables lor donnout	E s ioʒs iunables loʒ donout
De ses peissons et envelout	78 D e fes peiffons & en veiout
Par charité et par amor,	P ar charite & par amoʒ
Souventes feiz lor fist ennor;	S ouēte foiz loʒ fift enor
47b]En quaresme, si cum je pens,	81 E n carefme fi 9 iepens
Le faisè(n)t plus qu'en altre tens.	L e fefeit plus q'n autre tēps
Moine[s] fut puis de l'abeïe,	M oine fut puis delabeie
Quant s'evesquié out deguerpie,	84 Qua nt feuefquie out deguerpie
Que il leissa por Deu amor,	Q' il leffa poʒ de amoʒ
Neient por nule desenor.	N eent poʒ nulle defenor
Quant ses matines out chantées	87 Qua nt ces matines ot chātees
Li evesques et definées	L ieuefq' & definees
A Avrenches enz el mostier,	A urēches enz en moftier
Nuit ert enoor, va-se couchier.	90 N uit ert encoʒ vafe cochier
Si cum s'en vait, par la clarté	
D'une fenestre a fors guardé;	
Le Mont vit ardre e le mostier:	93 L emont vit ardʒe e le moftier [76a
Gran[z](t) ert li feus et li brasier,	Gra nt ert li feu & li bʒafier
De totes pars esteit espris;	D e toutes pars efteit efpʒis ¸
Haut volouent, cen li ert vis,	96 H aut volent ce li ert vis
Les estenceles, les charbons,	L es eftenceles & les charbons
Qui cha[e]ient de cesz maisons;	Qui chaïēt de cef mefons
Dès le gravier de ci qu'à munt	99 D es le grauier des fi quau mont
Envers le ciel vienent e vunt.	E n vers le ciel vienent & vont
Ceste merveille mostré a	C efte m'ueille moftre a
A cels qui erent o lui là.	2 A ceux qui erent olui la
Alquant dïent que il le veient,	A ucuns dient quil le ueient
Li altre dient non faseient.	L autre dient q' no fefeient
Li buen homme bien veū l'unt,	5 L ibons homes veu lont
Al mien espeir; mès li mal n'unt.	A miē efper mes li mal nont
En-es-les-pas aūnez a	E nnelepas aunez a
Les chanoines, si commencha	8 L es chanoines fi 9mēca
I(l)cel servise qui apent	Y cel ferulfe qui apent
A cels qui sunt morft, novealment;	A ceux qui f't moʒs nouiaumēt
48a]Quer bien cuidout, por verité,	11 Q' r bien cuideit poʒ vʒite [76b
Que fussent arz et devïé	Q' fuffent ars & deuie
Le plus de cels qui sunt el Mont.	L e plus de ceux qui f't en mont

	(2814)	
Quant le servise finé unt,	14	Qua nt le feruife fine ont
Li cheval furent enselé.		L i cheual furent enfele
Li evesques est tost munté,		L i euefq's eft toft mōte
Al Mont en veit por conforter	17	A u mont en veit poɿ gfoɿter
Cels que il quide vis trouver,		C eux q' il cuide vis trouer
Et por les morz ensepelir		& poɿ les moɿs enfeuelir
Et en enprès faire enfoïr.	20	& enap's fere enfoyr
Aprof matines rest montez		A p's matines reft mōtez
L'abes Mainarz et devalez;		L abbe menart & deualez
O de ses moines fors del Mont	23	O de ces moines hoɿs deu mōt
Al parlement d'ier en revunt.		A u parlement de ier reuont
Matin alout, quer il voleit,		M atin alout q'r il uoleit
Repairier tost de là endreit,	26	R eperer toft de la en dɿeit
Por la grant messe que chanteir		P oɿ la grant meffe q' chāter
Deveit le jor et celebreir.		D eueit le ioɿ & celebɿer
En mié la greve(i), prof del Mont,	29	E n mi la greue p's deu mont [77a
Il et si moine encontré unt		J l & fi moine engtre ont
Norgot l'evesque, qui veneit.		N oɿgout leuefq' qui ueneit
Demandent-lui que il quereit,	32	D emādeit li q' il q'reit
Por que[i] la Roche aveit passée		P oɿ q'i la roche aueit paffee
Où deveit estre l'assemblée.		O deueit etre lafablee
Li evesque[s] li a conté	35	L ieuefq' li a conte
Por quei s'esteit eissi hasté,		P oɿ q'i cefteit eiffi hafte
Neies icen contei li a		N eis ice cōte li a
Que veü out et que fait a;	38	Q' veu ot & q' feit a
Puis redemande se esteit		P uis redemāde fe efteit
Avenu rien el que soleit:		A uenu rien el q' foleit
48b]»Al nenal vei(e)r, l'abes respont,	41	E n labeie ne en mont
En l'abeïe ne el Mont.«		N enil veir fire labbe refpont
Idunc se sunt aperceü		J donc fe f't aperceu
Que icels feus que unt veü	44	Q' icel feu q' ot veu
Nule altre chose esté n'en a		N ul autre chofe efte nena
Fors seint Michiel qui visita,		F oɿ fait michel qui vifeta
Il et si altre compaignon,	47	J l & li autre gpaignon [77b
Le Mont, s'igliese et sa meison.		L e mont figlefe & fa mefon
A cele nuit veraiement		A icele nuit uraiemen
Ert descendu[z] entre sa gent,	50	E rt defcēdu entre fa gent
Bien demostreout la grant clarte[z]		B ien demoftrot la grant clarte
Que molt out angres amene[z].		Q' mot ot angres amenei
A cele nuit i est venuz	53	A cele nuit y reft venuz
Mainte feiz puis et descenduz,		M eintes foiz puis & defcēduz
Si que encor vivent la gent		S i q' entoɿ i f't la gent
Qui l'unt veü apertement.	56	Qui lont veu apertement
N'est gaires an[s], veü[z] ne seit		N eft guieres an veue ne feit
A son mostier venir tot dreit		A fon moftier uenir tot dɿeit
Devers le ciel, cum un brandon	59	D euers le ciel g vn bɿandon

		(2860)	
Qui est espris tot environ.			Qui eſt eſpꝛins tot enuiron
Icele nuit par ces chemins			J cele nuit par les chemins
Trovereit l'en molt pelerins		62	T rouereit lē ml't pelerins
Qui trestuit veillent por atendre.			Qui treſtoz vellent poꝛ atēdꝛe
Se seint Michiel vesront descendre.			S e ſaint michel verrōt deſcēdꝛe
Dex! tant par est beneūré		65	
Qui poit veier cele clarté!			
Seūr[s] poiet estre, cen m'est vis,			C eur peut etre ce meſt uis [78a
Cil qui la veit que pareīs		68	C il quil la ueit q' paradis
Li eirt trestot abandonnez,			L iert treſtot abādonez
Quant de cest siecle iert trespassez....			Qua nt de ceſt ſiecle eſt treſſpaſſez *)
49a]Por reliques mise li a.		71	P oꝛ reliq's miſe lia
De seint Michiel; altre rien n'a			D e ſaint michel autre riē na
Que il puisse plus enorer			Q' il puiſſe plus hennoꝛer
Ne mielz chierir ne plus guarder.		74	N e mieuz cherir ne pl9 gard'
Se reliques meillors eūst,			S e reliq's melloꝛs euſt
Au mien espeir, neient ne fust			A u mien eſper nient ne fuſt
En l'autel mise la pierrete		77	E n lautel miſe la pierrete [79b
Qui esteit vile et petitete.			Qui eſtei vile & petite
Doze chanoines i asist,			D ouze chanoines y aſſiſt
Et de ses rentes tant i mist			& de ſes rētes tant imiſt
Que assez ourent à mengier		80	Q' aſſez oꝛent a mēgier
Et à vestir et à chaucier.			& a veſtir & a chaucer
Trestouz les jorz que il vesqui,			T reſtoz les ioꝛz q' il veſquit
Cele chapele bel servi,		83	C ele chapele bel ſeruit
Et seint Michiel molt enora			& ſaint michel ml't henoꝛa

*) Es folgen:

A deu pꝛeie q' ie la uoie
& larchāgre einz q' moꝛ ſeie
3 P ar pluſoꝛs terres eſt alee
Des miracles la renomee.
Q' damedex en mont feſeit
6 P oꝛ ſaint michel qui i eſteit
M ouz pelerins i ſ't alez
E ntre les autres iala
9 V n boꝛgueignons qui deu ama
R iches hons fut & clerc eſteit
T ant deſ ſeipt ars apꝛis auet
12 Q' il parlout & entēdeit
A ſſez latin & biē leiſeit
Qua nt fut au mont demāde a
15 A la garde q' il troua [78b
Q' vn petit li pꝛeſt le liure
Q' le ſeignoꝛ ot feit eſcrire
18 g me oil leu fut demoſtrez
P ꝛemirement & eſtoꝛez
M oſtre li a & apoꝛte
21 L i pelerins a enz garde
L eue a la relation

B one li ſāble la lecon
24 L igleſe en a ml't mieuz amee
P ar charite a demādee
A la cuſtode vne pierrete
27 Qui illuec ieſeit ml't petitete
J l li dona & il la pꝛinſt
E n ſon pais ſen retoꝛna
30 Qua nt il vint la ſi 9mēca
A leinz quil pout vne chapele
D e ſon auer la fiſt ml't bele
33 C hateaus aueit ie ne ſei quanz [79a
M es cert vns des mieuz vallanz
O ſa chapele fondee a
36 L ez ſa meſon la 9mēca
Qua nt treſtot ot feit ſon moſtier
S i le fiſt en erres dedier
39 E n lanor deu & ſaint michel
Q' pl9 amot q' rien ſoꝛ ciel
L a pierrete q' ot demadee
42 J adis aumont & apoꝛtee
E nz en lautel fiſt ſeeler
J l la uout tres biē garder

En qui enor fundée l'a;
Il le guardout d'aversité,
Ce li donnout prosperité.
De jor en jor si bien cresseit,
Tant enrichiét que il ne saveit
Numbre dire de sa richece.
En joie mest et en leece;
Unques en menbre qu'il eūst
Grant ou petit, quel que il fust,
Ne sentit mal de si que là
Que cil le prist donc il fina;
Il esteit vielz, quant devia.
Ainz que fust morz, venir fait a
En sa presence sa mollier;
Si la conmence à chastier
46b]Et à preier que el guardast
Que [seint] Michiel molt enorast:
« Diva! fait-il, donc ne seiz-tu
Com il nos est bien avenu
Dès icele hore que fundasmes
Ceste chapele et i orasmes?
Jen te di bien veraiement
Que seint Michiel apertement
Nos a guariz d'aversité,
Dès que fusmes à lui josté.
Tant comme tu le serviras
Et de bon cuer l'enoreras,
De meie part le te di bien,
Jà n'en auras besoig de rien.
Jà ne seras desconselli[é]e,
Sel vels servir, einz seras liée;
Et se tu mès en monchaleir,
Jà ne t'aura foison aveir;
Ainz defiera tot ensement
Comme fait nule par grant vent,
Ceste richece que ore as.
En cest siecle certes perdras,
Et en l'autre seras dampnée.
Lors dirras-tu que mal fus née.
Je vos ai (t)[m]olt toz dis amée.
Ma dolce amie, et ennoréa;
Unques riens nule ne volsistes,
Faite ne fust dès quel deisistes.
Tote la rien bone m'esteit
Que saveie qui vos plaiseit.
50a]Unques, certes, au mien espeir,

(2885)
E n qui ennoɀ fondee la
86 J l le gardout dau'fite
S i li donout proſperite
D. e ioɀ en ioɀ fi bien creiſſeit
89 T ant enrichit qui ne ſauelt
Numbɀe dire dé de ſarichece
E n ioie & en leece
92 V nq's en mēbɀe q' il euſt
Gra nt ou petit q'l q' il fuſt
N eſetit mal deci q' la
95 Q' cil le pɀinſt don il fina
J l eſteit vel qɯant deuia [80a
E inɀ q' fuſt moɀt uenir feit a
98 E n ſa p'ſence ſa moillier
S i la ǥmēce a chaſtier
& a p'ier q' el le gardaſt
1 Q' ſaint michel ml't henoɀaſt
D iua feit il donc ne ſeiz tu
C om il nos eſt bien auenu
4 D es icele hoɀe q' fondames
C eſte chapele & y oɀames
J e te di bien & veraiement
7 Q' ſaint michel apertement
& ne ſeras defcōſeillee
S en veuɀ feruir ainz feras liee
16 S e fe tu meɀ en nōchaleir [80b
J a ne taura foyſoh aueir
E inɀ te fera tot enſement
19 ǥ me feit neule poɀ grant vēt
C eſte richece q' oɀe as
E n ceſt fiecle certes perdɀas
22 & en lautre feras dāpnee
L oɀs diras tu q' mal fus nee
J e vos ai ml't toz dis amee
25 M a doce amie & enoɀee
O nq's riens nule ne voſiſtes
N e fuſt fete des quon deiſtes
28 T oute la riē bone meſteit
Q' ſauoie qui vous pleſeit
O nq's c'tes au miē eſpeir

(2931)

	#	
Ne vos marri n'à mein, n'à seir,	31	N e uos marri matin ne feir
Ne altre plus de vos n'enmei.		N e autre plus de uos namei
Je sei trés-bien qu'or me morrei;		J e fei tref biē quoꝛ memoꝛrei
Mès, neque(n)den, trés-bien guardez	34	M es neq'deit tres biē gardez [81a
Que seint Michiel seit enorez		Q' faint michel feit ħenoꝛez
E sis mostiers trés-bien serviz,		E fon moſtier tres biē ferueiz
Jel vos commant et à vos filz. »	37	J eu vous 9mǣt & a uoz fiz
Je n'en sei plus, mès qu'il fina.		J e ne fe pl9 mes qui fina
Enprof sa mort ennoré a		A p's la moꝛt ħēnoꝛe a
La riche dame le mostier	40	L a riche dame le moſtier
Un poi de tens et tenu chier;		V n poi de tēps & tenu chier
Meis asseiz tost l'entre-leissa		M es affez toſt entreleffa
Por autre rien, où s'entente a.	43	P oꝛ autre riē ou fētēte a
Li riches huems aveit treis filz,		L i riches hons aueit iii fiz
Qui esteient beals et gentiz.		Q𝓊i eſteient beaus & gētiz
Por seghorie de lor terre	46	P oꝛ feignoꝛie de fa t're
Unt entr' els fait longuement guerre;		V nt ētreus feit lōguem't guerre
Tant unt sor mal ajosté mal		T ant out foꝛ mal aioſte mal
Que l'igliese unt tornée el val	49	Q' liglefe ont trouee en val
Que li peres fundée aveit.		Q' li peres fōdee nueit
Chascuns em prist cen que il poiet,		C hecun ēpꝛiſt ce qu𝑖l poeit
Toletes ont totes les rentes,	52	T oleites ont toutes lef rētes [81b
A Deu n'unt gaires lor ententes.		A deu nōt gueres loꝛ ētētes
Chascun d'els treis molt tost gasta		C hecun deus treis toſt gaſta
Quant que si peres li leissa.	55	Q𝓊a nq' fō pere li leffa
Asseiz poureit aperceveir		A ffez poꝛent aperceueir
Que n'à durée à fol aveir.		Q' na duree a fol aueir
La chapele unt vilment gastée	58	L a chapele ont vilemēt gaſtee
Que li peres out enorée.		Q' li pere out henoꝛee
50b]Tant l'unt destruite et tant aquise		T ant lont deſtruite & aquife
Que remeis est li Deu servise;	61	Q' remes ē li deu feruife
Clerc n'i alout ne n'i veneit.		C lerc ni alout ne ni veneit
Ne rente nule n'i avelt.		N e rēte nulle ni aueit
En tel vilté tornée l'unt,	64	E n tel vite toꝛnee lont
Que neis li chien gesir i vunt.		Q' neis li chiens iefir y uont
Cil qui la dame au mengier sert,		S i q' la dame au mēgier fert
Par mié dous hus, qui sunt ouvert	67	P arme dous huis qu𝑖 ſt ouert
De la chapele meis portout		D e la chapele mois poꝛtot
De la cossine tels cum out.		D e la qu𝑖ſine teus 9 ot
Li hus erent contreposé,	70	L i hus erent 9trepofe [82a
Ce ai el livre escrit trové.		C e ai en liure efcrit troue
De la sale ert prof la chapele;		D e la fale ert pꝛes la chapele
Unques ne fut primes tant bele	73	O nq's ne fut pꝛimes tāt bele
Cum el ert or(e) laie et gastée,		9 me eul ert gaſte & ledee
Trés-bien semblout chose robée.		T ref bien fēblot chofe gaſtee
Lor liez i ont par tot li chien,	76	L oꝛ leiz i ont partot li chien

Par negligence, ce sai bien,	P ar negligēce fe fai bien
De la dame, qui ne voleit	D e la dame qui ne voleit
Icen faire qu'ele aveit	79 J ce f'e q' el aueit
A son seignor bien graanté,	A fon feignoɿ biē graante
Ainz que fust morz en s'enferté.	A inz q' fuſt moɿz en fēf'te
Molt par est fols cil qui s'acreit	82 M out par eſt fous qui qui facreit
Plus sor autre que il ne deit.	P lufoɿ autre q' il ne deit
Le bien qu'ot fait icen trova,	L e bien quot feit ice troua
Quer sa fame tost l'oublia.	85 Q' r fa fame toſt loblia
Quant molt an(z) furent trespassé,	Q ua nt ml't anz furēt trefpaſſez
A la dame prist volenté	ala dame pɿiſt volētez
D'aler-en en pelerinage	88 D aler en pelerinage [82b
A Seint-Michiel leiz le rivage.	A faint michel lez le riuage
51a] Aleie i est ou sa mesniée.	A lee y eſt o fa menee
Quant el vint là, si est poiée	91 Qua nt en vunt la fi eſt poiee
Desque endreit un mostier [v]eit	D efq's endɿeit vn moſteret
De seint Estiegne, qu'i est[eit].	D e faint eſteōne qui ieſteit
Degrez iluec dejoste aveit,	94 D egrez illeuc de iofte aueit
Par mié montout cil qui voleit	P ar me mōtot cil qui voleit
Amonteir sus au grant mostier.	A mōter fus au grant moſtier
Dès que el fut sor le premier,	97 D es q'l le fut foz le p'mier
Mal[s] l'i prist gran[z](t) et si gemeit;	M al li pɿiſt grant & fi gemeit
Par braz, par cuisse la traieit	P ar bɿaz par cuiſſes la treit
Forment arriere et tirout	00 F oɿment arriere & tirout
Ne saveit qui, ce li semblout;	N e faueit qui fe li fēblout
A sa gent dit que ne saveit	A fa gent dit q' ne faueit
Qui toz les membres li rumpeit.	3 Qui toz les mēbɿes li rōpeit
Deus teises est ariere alée	D ous toifes eſt arriere alee
A tant si fut tote sanée.	A tant fi fut tote fanee
Dès qu'el revolt amont aleir,	6 D es q'l vout au mont aler [83a
Si l'estut sempres retorneir;	S i leſteut emp's retoɿner
A haute voiz dist et criout,	A haute voiz diſt & criout
Que sa dolor tote doublout.	9 Q' fa doloɿ tofte doublout
De totes parz acorent gent	D e totes pars acoɿent gent
Por cen veier, espeissement;	P oɿce veir efpeſſement
En la vile n'a remeis rue	12 E n la uile na remes rue
Dunt là ne seit la gent corue.	D ont lagent ne feit acoɿue
Por la grant honte, que ele out,	P oɿ la grant hont q' el out
La tierce feiz essaier volt,	15 L a tierce foiz eſſaie vout
S'el[e] porreit là-sus monteir;	S e el le poɿreit la fus mōter
Meis en ierre l'estust ruseir.	M es en erres leſtut rufer
A quicumques oïr voleit	18 A quigq's oir voleit
Dist que si[s] mals toz dis cresseit;	D iſt q' fō mal toz dis creiſſeit
51b] A terre s'est acraventée,	A t're ceſt agrauētee
Si a en haut sa voiz levée,	21 S i a en haut fa voiz leuee
O molt grant plor, o gemement,	O ml't grant ploɿ & gememēt

A juré Deu omnipotent	A uoe deu omnipotent
Et seint Michiel, qu'el requierè(n)t, 24	Q' faint michel req'reit [83b]
Que unques rien faite n'aveit	Q' onq's riē fete naueit
Que remenbreir unques seūst,	Q' remēbɀer onq's seuſt
Par quei cil mals venu li fust: 27	P ar cil mal venu li fuſt
«Je oi, fait-el(e), jadis mari;	J e ai feit ele iadis mari
Si m'aït Dex, unc nel honni.	S i meiſt dex onc nel honi
Nobles hom ert, et neteé 30	N obles hons eſteit . & netee
Ama toz dis et honesté.	A ma toz dis & honeſte
Mei est avis, se gel leissasse	M ei eſt auis ſe ie el leſſaſſe
Et plus de lui un altre amasse, 33	& plus de lui vn autre amaſſe
Que ne peūsse plus pechier	Q' ne peuſſe plus pecher
N'aveir noaudre reprovier.	N e auer noaudɀe repɀouier
Emprès sa mort me sui gardée, 36	E mp's ſa moɀt me ſui gardee
Que ne vuiel estre mariée,	Q' ne voil etre mariee
E sinn ai-je esté requise;	E ſi en aige eſte requiſe
Meis ne vuil faire en nule guise. 39	M es nel veul ſ'e ē nulle guiſe
Jameis mari nul ne prendrei,	J ames mari nul. ne pɀēdɀe
Por soe amor, tant con vivrei.	P oɀ ſoue amoɀ tāt 9 viure
Unques maielle ne toli 42	O nq's maalle ne toli [84a]
A homme nul por venir ci;	A home nul poɀ uenir ci
De mon aveir i sui venūe(e),	D e mō aueir i ſui venue
Et tel honte m'i est creūe(e). 45	E tel honte mieſt coɀue
Lasse, chettive! que monter	L aſſe chaitiue q' en moſtier
52a]Ne pois au temple ne entrer!	N e puis au tēple ne aler
O desenor sui deboutée, 48	O deſonoɀ ſui debotee
Ce m'est avis, quant à l'entrée	C e meſt auis quant alētree
Ne puis venir de cel mostier.	N e puis venir de cel moſtier
Dex! tant a ci lai destorbier!» 51	T ant aci dex lei deſtoɀbier
Icen diseit, et si plorout	J ce diſeit & ſi ploɀout
Et en un leu toz dis s'estout.	E en vnleu toz dis ſeſtot
Si homme l'unt d'iluec ostée 54	S es homes lont dilec oſtee
Et à l'ostel el borc menée,	A loſtel lont en boɀc menee
Puis en resunt en eirre alé;	P uis en reſut en erre ale
As moisnes sus et à l'abé 57	A s moines ſus & alabbe
Delivrement trestot unt dit	D eliurement treſtot ont dit
La merveille que chascun[s] vit,	L a m'ueille q' checun vit
De lor dame qui ne poièt 60	D e la dame qui ne poet [84b]
Monter amont por nul destreit.	M onter en mont par nul ōdɀet
Quant s'esforçout de sus monter,	Qua nt ſesfoɀcout deſus mōter
Si l'estouveit aval ruser. 63	S i les couenet aual ruſer
El ne saveit qui ce esteit	E l ne ſaueit q' ce eſteit
Qui la teneit en tel destreīt,	Qui lateneit entel deſtreit
Quer veier unques nel poieit, 66	N r veir onq's ne poeit
Ne nuls de cels qui iluec seit.	N e nul de ceux qui illeuc ſeit
Dan Hi[l]debert abes esteit	D an hildebert abbez eſteit

De l'abeïe en cel endreit.	(3069)
Quant i sera et leu et tens,	69 D e labeie en cel endreit
Assez dirrei, si cum je pens,	Qua nt il fera & lieu e tēps
Et de(s) ses mors et de sa vie,	A ſſez dire ſi 9 ie pens
De ses ouvres en l'abeïe.	72 & de ſez moꝛ & deſauie
Dès que cil ourent tot conté,	D e ſes euures en labeie
En-es-le-pas a commandé	D es q' cil oꝛent tot 9te
A dous moisnes de la meison,	75 J ſnelepas a 9māde
De molt grande religion,	A dous moines de la meſō
Que à la dame augent parler.	D e ml't grande religion
J'eis sei trés-bien andeus nummer:	78 Q' a la dame augent parler [85a
52b]Dan Hideman et dan Fromont,	J e ſe tres bien les dous nom'
Ambedui freire charnel sunt.	D an hidemen & dan fromont
Li moine sunt aval venu	81 A mbedui frere carnal ſ't
Dreit à l'ostel, là où el fu;	L i moine ſ't aual venu
Sa contenance unt esguardée,	D ꝛeit a loſtel la ou el fu
Et puis si l'unt araisonnée,	84 S a contenāce ont eſgarꝺee
Que, se en sei pechié saveit	& puis ſi lont areſonee
Nul qui unques criminal seit,	Q' ſe en ſey peche aueit
Sil regehisse à un provaire,	87 N ul qui onq's criminal ſeit
Puis montera trestot en eirre	S i le gehiſſe a vn proueire
A l'iglise, si que l'entrée	P uis i mōtera en erre
Ne li sera jà puis veiée.	90 A ligleſe ſi q' lētree
Encontre cen respondu a	N e li fera ia puis vee
Que piechei nul, certes, fait n'a	E nꝗtra ce reſpondu a
De tel maniere cum oièt,	93 Q' peche nul certes feit na
Ne nul altre qui menor seit,	D e maniere 9 oiet
Par quei li deie estre creūe(e)	N e nul autre qui menoꝛ ſeit
Ceste honte ne avenūe(e);	96 P a q'i li deie etre creue
Si ert marrie et trespenseie,	C eſt choſe ne aucnue
Que l'acheison out oubliée	S i ert marrie & treſpēcee [85b
Del reprovier et del hontage	99 Q' lacheſon out obliee
Qui li ert sors en cel veiage.	D eu reprouier & du hontage
Emprof li runt cil demandé	Q' li ert ſors en tel veage
Se pelerin a destorbé	2 E mp's li ront ce demāde
Qui seint Michiel requierre alast,	S e pelerin a deſtoꝛbe
Ne homme qui par lui s'avoast,	Qui ſaint michel requerre alaſt
Et s'un[c] fist mal ne destorbier	5 N e home qui par lui ſauoaſt
A chapele ne à mostier	& ſe vnc fiſt mal ne deſtoꝛbier
Qui fust fundée en Deu ennor	A chapele ne a moſtier
Et seint Michiel, le lor seignor.	8 Qui fuſt fondee en deu henoꝛ
53a]Dè[s] que l'igliese oït nummer	& ſaint michel le loꝛ ſeignoꝛ
De seint Michiel, à sospirer	D es q' ligleſe oit nomer
Trestot en eirre commença;	11 D e ſaint michel a ſopirer
Lasse, dolente se clama;	T reſtot en erres 9mēca
A trestoz cels qui iluec sunt	L aſſe dolente ſe clama
	14 A treſtoꝛ ceus qui illuec ſ't

(3115)
Dit cum jà vint sis sire al Munt,
De la pierre qu'en reporta
Et de l'igliese que funda,
Comment chanoines i asist
En cen-meesmes que li dist
Et commanda ainz que finast,
Et del mostier cum ore ert guast
Par lié avant et par ses filz,
Et cum il s'eirent apouvriz.
Nul ne douta, qui cen oïst,
Que por cel fait ne li venist
Ceste honte que eüe(e) aveit:
Apertement em preneit dreit
Li archangles, cen dïent tuit,
A cui ele out son leu destruit.
Lors commença fort à plorer
Et ses chevels à detir(i)er,
Ses vestemenz toz descirout,
Et as moisnes redemandout,
Se acorder jà se porreit
A seint Michiel por faire dreit;
Riens n'esteit nule, ce diseit,
Qu'el ne souffrist por faire dreit
A seint Michiel, s'ele esperast
Que cest forfait li pardonnast.
53b]Amonèstei idonc li unt
Cil qui iluec entor lié sunt,
A seint Michiel un vou voast
Que, si saine s'en repairast,
Sa chapele restoirereit
O tel poier cum ele aureit,
Et remestreit en la valor
Que out al tens de son seignor.
Trestot en [e]irre le voa,
Parmei tot cen si otroia
Que toz dis mès le servire(n)t
En icel leu tant cum vivreit.
A l'iglise est aprof alée
Tot franchement et amontée.
Li moine sunt alei avant,
Et ele vint aprof plorant;
Sanz demorance se colcha
Devant l'autel, dès que vint là,
Forment plorout por ses pechiez,
Si que ses dras en a molliez;
Seint Michiel prie et reclaime

D ift ꝯ ia vint ſo cire au mōt
D e la pierre q' nē poꝛta
17 D e liglefe q' il fonda
C onment chanoines i affiſt [86a
& ce meimes q' li diſt
20 & ꝯmāda ainz q' finaſt
& du moſtier qui oꝛe ert gaſt
P ar le auant & par ſes fiz
23 & ꝯ il erent apouriz
N ul ne dota qui cen oit
Q' poꝛ cel fet ne li uenit
26 C eſte honte q' (v)eue aueit
A pertement en p'neit dꝛeit
L i archangre ce dient tuit
29 A qui eule ſon leu deſtruit
A ueit ſi ꝯmēce a ploꝛer
& ſes cheueus a deſſi
32 S es vetemenſ toz deſſirout
& es moines toſt demādout
S e acoꝛder ia ſe poꝛreit
35 A ſaint michel pour ſ're dꝛeit

38 Q' ceſt foꝛfeit li pardonaſt
A ſaint michel ſe el eſperaſt
A moneſte idonc li ont [86b
41 C il qui illeuc entoꝛ le ſ't
A ſaint michel vn vou voaſt
Q' ſi ſaine ſō reperaſt
44 S a chapele reſtoꝛereit
O tel poer ꝯ el aureit
& ram'reit en la ualoꝛ
47 ꝯ ert eu tēps de ſō ſeignoꝛ
48 T reſtot en erres le uoa
50 Par me tot ce ſi otria
Q' toz dis mes le ſeruireit
E n icel leu tant ꝯ viureit
53 A liglefe eſt ap's alee
S us franchement eſt amōtee
L i moine ſ't ale deuant
56 & elle vint ap's ploꝛant
S ans demoꝛāce ſe cocha
D euant lautel defq' vint la
59 F oꝛment ploꝛout poꝛ ſes pechez
S i q' ces dꝛas en a mollez
S aint michel prie & reclaime [87a

(8162)

Que cen li doi[n]st que sis cuers aime.	62	Q' ce li doint q' fon cuer aime
Aprof icen l'abei requist		A p's ice labbe requift
Que o ses moines l'asolsist.		Q' o fes moines lafoulfift
Un poi de tens là demora	65	V n poi de temps la demora
A Seint-Michiel, puis s'en ala;		A faint michel puis fen ala
Molt s'est peneie d'amender		M l't ceft penee de amĕder
A son poier, et d'estor(i)er	68	A fon poer & deftorer
La chapele, si cum l'aveit		L a chapele fi 9 laueit
Al Mont voié par grant destreit...		A u mont voe par grant deftreit *)
54a] Quant je esteie enfes petiz,	71	Qua nt ie efteie enfans petiz
En cest mostier où fui norriz.		E n ceft moftier ou fu norriz
Sire archevesque, oï aveiz		S ire arceuefq' oy auez [88b
Comme cil Mon[z](t) fut jà fundez.	74	9 ceft mont fut jadis fondez
Il est [uns] mon[z](t) naturelment,		J l eft ml't narre leenz
Cen veiez-vos apertement;		C e veiez vous apertement
Meis l'edefice et tote l'ouvre	77	M es ledefice & tote leuure
Firent la gent qui le Mont couvre.		F irent la gent qui le mont coure
En nos livres, qui annal(s) sunt,		E n noz liures qui laual f't
Trovun escrit comme cest munt	80	T rouon efcrit 9me ceft mont
A seint Autbert fut demostré		A faint aub't fut demoftre
Par les seinz angles dam-le-Dé,		P ar les fainz angres damede
Et com il fist et commença	83	& 9 il fift & 9mĕca
Desus l'iglise et aorna,		D efus liglefe & atorna
Et del paile que il i mist,		& deu paile q' il imift

*) Es folgen:

C eft miracle vreement
V irant la gent apertement
3 Qui maneient idonc aumont
A bien preuf tuit corus if't
6 D e faint efperit me veut aider
   or reuodrei ici traiter
D un efcuet qui eft au mont
D ont li clues f't auq's ront
9 & dune ml't petite efpee
Qui ml't foleit etre henoree
S i 9 baldri le reconta [87b
12 Qui plufors anz doul gou'na
& arceuefq' en fut facre
& for recel out pofte
15 E n latin eft li fuenf efcriz
E fpeffement ya beaus diz
V ne fiee aumont efteit
18 S i enquift ml't oe q' deueit
Q' celle efpee & cel efcu
S or vn autel erent fi nu
21 Q' r il f't tuit a defcou't
M l't par vofift etre bien cert
D onc il vindrent par q'l refon
24 J l afteient en la mefon

D e cel efcu a tant enquis
L i arceuefq' dut vos dis
27 Q' vna vint hons deuant lui
N e fui quil ert q'r pas ni fui
D e cel efcu li 9mĕca
30 A conter 9 il vint la
V ilainemĕt fi ragtout [88a
A larceuefq' ml't defplout
33 J lle roua fepres tefir
L i prior a feit puis venir
J l efteit cſtres tres bien letrez
36 & deu fiecle refout affez
Qua nt le prior fe fut affis
L i arceuefq' la requis
39 S ire dift il q'r me contez
L a uerite fe la fauez
Q' celle efpee fenoffe
42 & cel efcu dautre partie
Qui font la fus for fal autel
D e faint iohan onc ne vi tel
45 D ift le prior ien vous direi
S e q' en efcrit veu en ei
& q' en oy conter iadis
48 A mes priors es plus antis

	(8186)	
Que en Guargaigne primes quist,	86	Q' en gargagne primes quift
D'altres reliques que il donna		D autres reliq's i dona
Et mist çaiens, où molt enn a.		& mift feenz ou ml't en a
A cest igliese dont vos cont	89	A ceft iglefe dont vos çont
Commencierent de par le mont		9 mēcierent de par le mont
Espessement à venir gent		E fpeiffement 'auenir gent
Devers Miédi et d'Orient ;	92	D eu's medi & dozient
Des autres pars tot altresi		D es autres parz tout autreffi [89a
Reveneient gramment ici.		R eueneient grant gent ici
Il aveient bele acheison	95	J l auoient bele achefon
Qu'i il venissent, cen leison ;		Q' il veniffent ce lefon
Avisunques hom n'i veneit		A inz ouq's homo ne veneit
Desconforté en nul endreit,	98	D efgfoite en nul endieit
Qui ne fust liez al repairier		Qui ne fuft liez aureperer
Et bien gari de destorbier ;		& bien gari de deftozbier
54b] Estre tot cen, seürs esteient	1	E ftre tot feurs ce efteient
De lor ames qu'eles sereient		D e loz ames q'les fereient
Bien assisses en paradis		B ien affifes en paradis
Par seint Michiel qu'aveient quis.	4	Par fait michel q' aueient quis
Huen ne se deit pas merveillier,		H ons ne fe deit pas m'ueller
Se il i meit cels qui l'unt chier		S e il imet ceux qui lont chier
Et quil servent devotement :	7	& qui le feruent deuotement
Prevost en est veraiement.		P zeuoft en eft cil vzeiement
En icel tens que li chanoine		E n icel temps q' li chanoine
Erent çaiens, et neient moine,	10	E rent feenz & maint moine
En un realme outre Engleterre		E n vn reaume vutre englet're
(Je ne sei pas nummer la terre ;		J e ne fei pas nom' la terre
Meis je sei bien del rei le non :	13	M es ie fei bien deu rey le nom [89b
Elga out non, si cum leison),		E lga out nō fi 9 leifon
Iluec aveit un lonc serpent,		J leuc aueit vn lonc ferpent
Gros et enflé, noiseable à gent ;	16	G zos & enflē ne femble a gent
S'aleine esteit forment puant :		S aleine efteit fozment puant
Ne le poiet oisel volant,		N e le poet oifel volant
Petit ne grant, unques souffrir,	19	P etit ne grant onq's fofrir
Ainz l'estouveit sempres morir ;		A inz leftouent emp's mozir
Crestez esteit et escherdous		C reftoz eftoit & efchardos
Et hericiez, et habundous	22	& hericiez & habudos
D'un mal venin qui tot ardeit,		D un mal venin qui tot ardeit
Herbes et cen que consueit ;		H erbes & ce quagfeueit
Bestes et hommes ocieit,	25	B eftes & homes ocieit
Environ lui les malmeteit		E n virō lui le mal meteit
O s'aleine, qui plus pueit		O faleine qui pl9 puet
Que nule rien qui unques seit.	28	Q' nulle riē qui onq's feit
A la gent out toleit lor terre,		A la gent out toleit loz t're
Iluec faiseit molt aspre guerre ;		J lleuc fefeit ml't ap' guerre
55a] D'une fontaine prof maneit,	31	D une fonteine pzes maneit

Qui en une aigue grant coreit;	Qui en vne eue grant coreit
Par son orguil iluec regnout.	Par son orguel illeuc regnot [90a
Nuls apriesmier vers lui n'osout;	34 Nus aprimer vers li nofout
Si out la gent espoantée,	Si out la gent efpouantee
Que el s'enn iert trestote alée.	Q' le fen eft treftote alee
Les contrées d'a[n]viron lui	37 Les ǫtrees den viron lui
Gasta forment et confundi;	Gafta forment & ǫfundi
Quer la chalor esteit bien grant,	Q' r la chalor efteit ml't grant
Si ne plovieit ne tant ne quant,	40 Si ne ploueit ne tãt ne quant
Ne fluive n'out enz el païs,	Ne fleuue nul uent en pais
Ne mès sol cel qu'il out porpris.	Mes fol icel q' el out porpris
Huens ne beste n'i habitout;	43 Hons ne befte ni abitout
Quer qui'n beveit, sempres finout.	Qui en beueit emp's finout
Li pueples fut molt angoissiez,	Li peuple efteit ml't angoiſſez
Quer li païs ert essielliez.	46 Q' r li pais ert effilliez
Il ne trovouent nul pestiz	Jl ne trouerent nul petiz
A lor bestes n(e)' à lor berbiz:	A lor beftes ne a lor brebiz
De la vitaille ourent chierté	49 De la uitalle orent chierte
Et de aigue grant escharseté.	& deue grant efcharcete
Por ce que hons ne lor poieit	Porce q' hons ne lor poet
Faire ajutoire en nul endreit,	52 Fere adiutoire en nul endret
Lor conseil ont tot mis en Deu,	Lor ǫfeil ont mis tot en deu [90b
Que le serpent ost de cel leu;	Q'. le ferpent oft de cel leu
A lor evesque venu sunt,	55 A lor euefq' venu ſt
Pitosement preié li unt	Pitofement p'ie li ont
Que preiast Deu que cel serpent	Q' p'iaft deu q' cel ferpent
Geit de la terre et cel torment.	58 Oft de lat're & cel torment
Li evesque[s] lor a predit	Leuefq' lor a apres dit
Que il jeungent treis jorz tuit	Q' il ieungent treis iors tuit
55b]Et seient en aflictions,	61 & feient tor en affliotions
Que Don oist lor orelsons.	Q' deu oit lor oreifons
Trestoz li pueples jeüna,	T reftot le peuple ieuna
Si cumme il le commanda;	64 Ci ǫ fil le ǫmãda
Aumosnes firent largement	A umones firent largement
Chascun de son sostenement.	Li proueires meffes chantoent
Li proveire messes chantöent,	67 De p'ier deu ml't fe penoent
De preier Deu molt se penouent.	A u peuple a len dit & bani
Al pueple a l'en dit et bani	
Que au tierz jor seient garni	70 Q' au tiers ior feient garni
De cel serpent aler oster	De feul ferpent aler ofter
Ou par aucun angie[n]g tüer.	Ou par aucum engin tuer ·
Li pueples tuit matin leva,	73 Li peuple tuit matin leua
Dunt legions plusors i a;	Dont legions plufors ya [91a
O granz torbes espessement	O grans torbes efpeiffement
En alöent à cel serpent.	76 En aloient a cel ferpent
De la poor ierent pali	De la puor erent pali

(3278)
Et li coart et li hardi.
Cesz genz erent trés-bien armées
De darz, de lances et d'espées.
Lor reliques, lor croiz portouent
Li clerc qui ouvec elz alouent,
Et clerc et lai vunt tuit tremblant,
Quer morir cuident tot esrant.
Aveir cuident de Deu aïe
Par l'evesque qui toz les guie :
Por cen que il est o els alez,
Se sunt un poi asseürez.
Pas avant altre belement,
Alouent tuit communement ;
56a] Aseürer ne se po[e]ient
Por la poor que il aveient.
Au leu vienent où converser
Soleit la beste et demorer.
Environ le tot le païs
O son venin aveit malmis ;
Arbres, herbes et toz les blez
Aveit bruïz, arz et huslez.
Devant els gardent, veü l'unt,
De sa grandor esbahi sunt,
D'aler avant unt molt douté,
Por poi ne sunt tuit retorné ;
Mès recouvré unt hardement.
Lors escrïerent haltement,
De totes parz l'unt envaï ;
Mès li serpens [s']ert endormi,
Ce lor iert vis, ne se moveit ;
N'ert pas merveille, morz esteit.
A qui enz ainz, tuit vunt avant,
Quant ne se mut, petit ne grant ;
Celui qu'il orent molt cremu
Premierement, tant cum vi(f)[s] fu,
Esguardōent seürement.
Detrenchiez ert menüement,
Les pieces ierent çà et là.
Li pueples tuit se merveilla
Qui ce out fait, et de l'escu
Que dejoste unt aperceü,
De l'espée qui i resteit ;
Fantosme cuident que cen seit.
56b] Tel armeüre apris n'aveient,
Quer en bataille proz n'esteient.
Li escuz ert reflambeïant,

79 & li coart & li hardi
   C es gens erēt treſ biē armeeſ
   D e dars de lances & deſpees
   L oꝛ reliq's loꝛ croiz poꝛtouent
82 L i clerc qui oueuc eus oloēt
   & clers & laiz uont touz trēblāt
   Q' r moꝛir cuident tot errānt
85 A uer cuident de deu aye
   P ar leueſq' qui toz les guie
   P oꝛce q' il eſt o eus alez
88 S e ſ't vn poy aſſeurez
   P as auant autre belement
   A loent tuit ꝗmunaument
91 P oꝛ la puoꝛ q' il auoient
   A ſſeurer ne ſe poent
   A u leu vindꝛent ou ꝗu'ſer
94 S oleit la beſte & doꝛmer   [91b
   E n viron lei tot le pais
   O ſon venin aueit maimis
97 A rbꝛes herbes & toz les blez

   D euant eus gardent veu lont
00 D e ſa grandoꝛ eſbahi ſ't
   D aler auant ont ml't dote
   P ar poy ne ſ't tuit retoꝛne
3 M es recoure ont hardement
   L oꝛs ſeſcrient tuit hautemēt
   D e toutes pars lont en vaye
6 M es la ſerpent ert endoꝛmie
   S e loꝛ ert vis ne ſe moueit
   N ert pas m'uelle moꝛz eſteit
9 A qui ainz ainz vont auant
   Qua nt ne ſe mout ne poy ne grant
   C elui q' il oꝛent ml't crenu
12 P ꝛemierement tāt ꝗ vif fu
   E sgardoent ſourement
   D etrēchiez ert menuement
15 L es pieces erent ca & la   [92a
   L i peuple tuit ſe meruella
   Qui ce ot feit & de leſcu
18 Q' deioſte ont aparceu
   D e li eſpee qui ieſteit
   F antoſme cuident q' ſe ſeit
21 T el armeure apꝛis nauoient
   Q' r embatalle pꝛoz neſteient
   L i eſcu ert reflābiant

Et l'espée prof d'autretant.	& lespee pꝛes dautre tant
Nuls ne dotot en son avis	N us ne doutout en ſon auis
Que cil serpens ne fust ocis	Q' cil ſerpent ne fuſt occis
Ó ces armes qu'iluec jeseient ;	O ſes armes quí illeuc ieſeient
Meis qui l'out fait pas ne saveient.	M es quí lout feit pas ne ſauoient
Joieanz et liez s'en retornerent ;	J oianz & liez ſen retoꝛnerent
Meis d'encerchier molt se peneirent	M es deu cerchier ml't ſe pener't
Qui cel serpent ocis lor a,	Quí cel ſerpent ocis loꝛ a
Et cez armes por que[i] laissa.	& ſes armes poꝛ q'i leſſa
Li evesques iert curious	
De cen saveir donc ert dotous ;	L ieueſq's ert dotous
To[z](t) li pueples la nuit veilla,	T uit li peuple la nuit vella
Devotement Deu depreia.	D euoteınēt deu dep'ia
Li evesques à genoillons	L ieueſq' agenollons
Refist les soies oreisons.	R efiſt les ſoues oꝛeiſons
Tant unt preié que seint Michiels	T ant ont p'ie q' ſaint michel
Est descendu[z] devers les ciels,	E ſt deſcendu deuers le ciel
A l'evesque se demostra ;	A leueſq' ſe demoſtra
Grant resplendor entor lui a.	
Il li a dit apertement :	J lli adit apertement
« Je sui Michiel veraiement,	J ſui michel veraiement
Qui toz dis sui de devant Dé ;	Quí toꝛ dis ſui deuant de
Cest serpent ai mort et tué.	C eſt ſerpent ay moꝛt & tue
Por cen l'ei fait que rien humaine	P oꝛce le feit q' riē humaine
Nel destruisi[s]t par nule peine.	N en deſtruiſiſt par ꝺule paine
Verai[e]ment le di sainz faille,	V eraiement le di ſanz falle
Tels armes oi en la bataille	T ex armes eu en labatalle
57a] Cum tu trovas lez le serpent	9 tu trouas lez le ſerpent
(N'en doter pas, de molt ne ment),	N e dotez pas de riē nenment
Neient por cen qu'aie mestier	N eent poꝛce q' aie meſtier
De tels armes cum veïs ier,	D e ces armes q' veis iert
Meis por mostrer apertement	M es poꝛ moſtrer apertement
A cels qui n'unt entendement,	A cex quí nont entēdement
Ne rien ne seivent porpenseir	N e rien ne ſeuent poꝛpōſer
Esperital ne enterver,	E ſpirital ne ent'uer
Que je sui cil donc Johan dit	Q' r ie ſui cil q' iohan diſt
Qui au dragun se combatit.	Quí au dꝛagon ſe 9batiſt
Esperital fut la bataille	E ſpirital fut la batalle
Que seint Johan escrist sanz faille.	Q' ſaint iohan eſcriſt ſans falle
De cest laisson ; mès or(e) lo(i)ez	D e ceſt leiſſon mes oꝛ oiez
Celui qui vos a delivrez,	C elui qui vous a deliurez
Par mon traval, d'icest serpent,	P ar mon traual de eeſt ſerpent
Et enveiez hastivement	& en voiez haſtiuement
Vos messagiers oltre la meir ;	V oz meſſages outre lamer
A nostre Mont faites porteir	A noſtre mont fetes poꝛter
Cest escuèt et nostre espée	C eſt eſcuet & noſtre eſpee

(8371)

Dunc ceste beste ai decolée.
Cil d'outre-meir grant joie aurunt
De cez armes, quant les verrunt.»
Atant li angles s'enn ala.
Et l'a[n]demein çil recunta
Trestot icen que out oï,
A son pueple qui l'atendi.
Dam-le-Deu unt lors graciê
Et hisnelment apareillié
Quatre homme nez de la contrée
Qui porterunt o els l'espée
57b]Et l'escuèt desque[s] al Mont,
Si cum li angles le semunt.
En-es-les-pas cil mer passerent.
Quant outre sunt, si s'en torneirent
Dreit vers Gargaigne le chemin;
Mès unc n'i porent mestre fin.
Al mien espier, plus retornouent
En un sol jor qu'en dous n'alouent.
Li uns d'els l'autre areisonna,
En merveillant li demanda
Que cen deveit que tant esrouent
Et un sol point ne s'avenchouent.
Ja aveient molt jorz esré
E toz dis erent retorné:
«Nostre evesque[s] nos enveia
Al Mont, unques nel devisa,
Qui seint Michiel est proprement;
Et nos alun, ne sei comment,
A Gargaigne de la Mugé;
Et ci'nn a un novel fundé,
Ce nos dit l'en, de Seint-Michiel.
Quer depreium le rei del ciel
Et l'archangle qu'il nos aveit,
A cel mont là alun tot dreit!»
Li jor s'en veit; et quant noit fut,
Li archa[n]gles lor aparut
En vision, qui lor a dit
Que il augent al mont trestuit,
Celui qui *Tumbe* est sornommea
Et novelment esteit fundeiz.
58a]Emprof lor dist que molt l'en-
mout,
Souventes feiz le visitout,
Molt amera cels qui irunt
Et qui por lui l'enorerunt.

72 D ont cefte befte ay decolee
C il doutre mer grant ioie aurot
D e fes armes quant les v'ront
A tant li angre fen ala
75 & lendemain cil reconta
T reftout ice q' out oy
A fon peuple qui lentendi
78 D ame deu ont los gracie [93b
J fnelement f't aparllie
Q uatre homes nez dela gtree
81 Qui pouterent o eus lefpee
& lefcuet defq's au mont
84 J fnelepas oil mer pafferent
Qua nt outre f't fi fentounerent
D reit vers gargaigne le chemı
87 M es onc ni pozent metre fin
A u miē efpeir plŷ retounoent
E n vn fol ios quē dous naloēt
90 L i vn de eus lautre arefona
E n m'uellant li demāda
Q' ce deueit q' tant errouent
93 A vn fol point ne fauancoent
J a auoient moz ios errez
& toz dis. erent retoɪnez
96 N oftre euefq' nous en voia
A u mont onq's neu deuifa
Qui faint michel eft propzement
99 E t nos alon ne fey gment [94a
A gargaine de la mouge
& ici en a vn novel fonde
2 & nos dift len de faint michel
Q' ɽ dep'ion le rey deu ciel
& larchangre q̃il nos aueit
5 A cel mont la alont tout dreit
L i ioɹ fen veit & quant nuit fut
L i archangre loɹ apparut
8 E n vifion qui los adit
Q' il augent aumont treftuit
C elui qui tūbe eft fornomez
11 & noulament efteit fondez
A p's loɹ dit q' ml't lamout

S ouētes foiz les vifitout
14 M out amera ceux qui iront
& qui poɹ lui le henceront

Acceptables à Deu esteit,	A cceptables a deu efteit
Quer richement l'en l'i serveit.	17 Q' r richement len li ferueit
Par bon courage qui ira,	Par bon corage qui ira
Qui pelerin en estera,	Qui pelerin en eftera [94b
Sa preiere sera oïe	20 S a preiere fera oye
Delivrement, s'en Deu se fie.	D eliurement fen deu cefie
Quant cen out dit, si s'enn ala ;	Qua nt ce out dit fi fen ala
Meis chescuns d'els retenu a	23 M es checun deus retenu a
Trestot icen que il out dit.	T reftot ice q' out dit
L'endemein lievent matin tuit,	L endemain lieuent matī tuit
En lor chemin s'en sunt entrei,	26 E n loꝛ chemī fē f't entre
De ceste chose unt molt parlé.	D ecelte chofe ont ml't parle
Tant unt esré qu'il sunt venu	T ant ont erre quīl f't venu
En ceste igliesie, où cel escu	E n cefte iglefe o cel efcu
Unt presentei et cele espée ;	O nt p'fente & cele efpee
Puis unt l'ovre tote contée,	P uis ont leuure tote gtee
De chief en chief, si cum el fu.	32 D e chief en chief fi ge el fu
A grant joie sunt receü.	A grant ioie f't receu
Enorables hommes pareient,	H onoꝛables homes pareient
Por cen trestuit bien les crei[ei]ent.	35 P oꝛce treftuit biē les creient
Li pueples toz s'esleeça	L i peuple tot feslefſa
De cez armes que veü a ;	D e ces armes q' veu a
De la bataille non veiable	38 D e labatalle nō veable
Que seint Michiel fist al diable,	Q' faint michel fift au diable [95a
Si cum le dit apertement	S i g le dit apertement
Apocalipse qui ne ment,	41 L apocalifpfe qui nement
58b]Lor souveneit ; et por cen creit	L oꝛ fouueneit & poꝛce creit
Tot li pueples qui [i] esteit,	T ot le peuple qui iefteit
Que ceste fut veraiement	44 Q' cefte fuft veraiement
Por demostreir apertement	P oꝛ demoftrer apertement
Que l'autre aveit iessi estei	Q' lautre aueit ici eftei
Cum seinz Johan l'aveit contei.	47 g faint iohan laueit gtei
Les nuns des hommes sunt enquis	L es nons des homes f't aquis
Et ès chartres del mostier mis.	& efchartres deu moftier mis
« Jen-meesmes jadis les vi,	50 J e meimes iadis les vi
Dist li priors ; mès en oubli	D ift le prior mes en obli
Leis ei toz mis, quer molt a tens	L es ai touz mis q'r ml't atēps
Que je n'oi mès d'els nul porpens.	53 Q' ie noi mes deus nul poꝛpēs
Quant cest mostier[s] l'autre an arz fu,	Qua nt ceft moftier lautre à ars fu
O noz chartres furent perdu. »	O noz chartres furēt perdu
Sire archevesque, or ai conté	56 S ire arceuefq' oꝛ ai gte
De cest escu la verité.	D e ceft efcu lauerite
Nos anceisor(s) mielz le guarderent	N oꝛ anceifoꝛs miex le garderent
Que nos assez, et enoreirent.	59 Q' nos affez & henoꝛerent [95b
Bien esteient icil poiant,	B ien efteient icil puiffant
Por qui ert trai[z](t) jadis avant ;	P oꝛ qui ert trait iadis auant

Mès por cen est ore en vilté,	(3462) 62 M es poꝛ ce eſt oꝛe en vite
Que à toz est abandonné.	Q' a toz eſt abandone
Se alcuns est qui aut doutant	S i aucuns eſt quꝭ aut dotant
De cest(e) escu et mescreant,	65 D e ceſt eſcu & meſcreant
Responde-nos de la leçon	R eſponde vous de la lecon
Qu'en la Bible souvent leison,	Q' n la bible ſouent leiſon
De la magne, donc el veneit,	68 D e lamāne dūt el ueneit
Dunn el desert la gent viveit,	D ont en deſert la gent viueit
Que dam-le-Deu aveit toleite	Q' damedeu aueit toleite
A Pharoan qui l'out destreite.	71 A pharaon quꝭ lout deſtreite
59a]Il [est] escrit que el ploveit	L i eſcrit dient quꝭl plouueit
D'en sun le ciel et descendeit.	D en ſon le ciel & deſcēdeit
Une chanée en fut portée	74 V ne chanee enfut poꝛtee
Fors del desert et bien gardée	F oꝛs deu deſert & bien gardee
Dedenz le temple Salomon	D edens le tēple ſalemon
Plus de cent anz, cen releison.	77 P l9 de cent ans ce releiſon
Ne pain ne char n'aveit cel gent	N e pain ne char nauet cel gēt
Ne nul autre sostenement,	N e nul autre ſoutenement [96a
Fors cele manne, qui dura	80 F oꝛs de celle māne quꝭ dura
Quarante anz prof, unc ne lascha.	Qua rante anz pꝛes onc ne laſcha
Une boiste a à Reins en France,	V ne boiſte a areins en frāce
Dedenz a oiele, senz dotance,	83 D edens a oele ſans dotāce
Qui vint del ciel veablement,	Quꝭ vint deu ciel veablement
Cen recontent encor la gent,	C e racontent encoꝛ la gent
Si que uns angres l'aporta.	86 S i q' vn angre lapoꝛta
Ne jà en France reis n'aura	N e ia en france rois naira
Qui de cest oiele ennoi[nz](gt) ne seit,	Quꝭ de cel oile oint ne ſeit
Quant [l'ont] (est) sacrei et beneiet.	89 Qua nt eſt ſacre & beneit
Se de la magne est bien creü[z]	S e delamāgne eſt biē creuz
Et del l'oiele que(st) descendu[z]	E t de leule eſt deſcēduz
Devers le ciel seient jadis,	92 D eu's le ciel ſerent iadis
Tot autresi, cen m'est avis,	T ot autreſſi cemeſt auis
Deit l'en creire de cest escu	D eit len creire de ceſt eſcu
Que il reseit de là venu.	· 95 Q' il reſeit de la venu
Ja creit l'en bien que seint Michiels	J a creit len biē q' ſaint michel
Prist un paile jadis ès ciels	P ꝛiſt vn paile iadis en ciel
Et à Gargaigne l'aporta,	98 E a gargaigne lapoꝛta
Et l'en mescreit icen de çà,	E len meſcreit ice deca [96b
N'i deit aveir pas mescreance,	N edeit auer pas meſcreance
Sospeçon male ne doutance;	1 S opecon ne mal ne dotāce
59b]Miracle fut tot altresi	M iracle fut tot autreſſi
Cum un[s] de cez dunt je vos di.	9 vn de cez dont ie vous di
Or ferai ci ma repousée;	4 O r ferei ſi ma repoſee
Quer de l'escu et de l'espée	Q'r de leſcu & de leſpee
Vuil plus dire(i) qu'uncor n'en ai,	V eil plus dire q' encoꝛ nai
De sa façon que veü ai;	7 D e ſa facon q' veue ai

(3508)

Quer tel mil homme encor orrunt	Q' r tex mil homes enco₂ o₂ront
Cez romanz liere, qui au Mont	C eſt romanz liere qui aumont
N'aurunt esté en lor vivant.	10 N auront eſtei en lo₂ viuant
Si lor iert vis merveille grant,	. S ilo₂ eſt m'uelle grant
Quant il orrunt de lor faiture	Qua nt il o₂rᴧt de lo₂ feiture
La merveille qui encor dure,	13 L am'uelle qui enco₂ dure
E si'n vendrunt plus volentiers	& ſi i vend₂ont plus volētiers
Le leu veier qui molt est chiers.	L e lieu veier qui ml't eſt chiers
Li escuz est de tel façon,	16 L i efcu eſt de tel facon
Cum est escu à cha[m]piun;	9 eſt efcu de chᴧpion
Une boclete a el milié	V ne boclete a en mileu
E quatre croiz environ lié	19 & quatre croiz environ ley [97a
Neielé[e]s bien à argent;	N ielees biē a argent
Clous a ez braz bien plus de cent,	E cous a eſ b₂az biē plus de cent
Qui sunt d'argent el sommeron,	22 Qui ſ't dargent en ſomeron
Desoz de coivre ou de laton.	D efouz de cuiure ou de laton
Entre la croiz et la boclete,	E ntre la croiz alabocleite
Qui est agüe et petitete,	25 Qui eſt ague & petitete
A un cerne bien adoubé	A vn c'ne biē adobe
D'altretels clous com ai conté.	D autre tex clous 9 ai 9te
En l'escuèt a quatre braz,	28 & lescuet a quatre b₂az
Qui s'en iessent par qua(r)tre parz	Qui ſen eiſſent par quatre pars
De cel cerne que vos oiez;	D e cel c'ne q' vous oez
En la bocle furent jostez . . .	31 E n labocle furent ioſtez *)
60a] Quant Hildebert abes esteit	Qua nt hildebert abbez eſteit
Del Mont et poësté aveit,	deu mont & poſte en aueit
Out une fame en Normendie,	34 O ut vne fame en no₂mēdie
Qui dotose ert mol[t] de sa vie;	Qui dotouſe eſteit de ſauie
Enceinte esteit, à enfenter	& creinte eſteit ia deſſanter

---

*) Es folgen:

P arme la crois ſ't eſtādu	E ntalliez fut biē o cifel
D efq's aleur de cel efcu	M l't par fut gent quant fut nouel
3 N e fei darein ou de laton	21 V ne chaine dedens a
A vn c'cle tot enuiron	B on feure fut qui le fo₂ga
M eïd₂e fereit a gieu deſſans	D un metal ſ't lefcu & le
6 Qui ſ't petiz & nō fachanz	24 C e dient ceux qui ont garde
C il efouet dᴧt ie vous cont	L erei de ceſt & deſorirei
Q ua autre riē qui feit el mont [97b	L efpe eiſſi 9me ie fei
9 D es la bocle lespannereit	27 D emetal eſt ne fei le non
V n hom foef iel plus deſtreit	S arein ne reſt cuieure ou laton [98a
& el plus le tot enfement	P lain pie na mie de longo₂
12 J a nianeſt recourement	30 N e treis daie de lao₂
J l eſt vn poy tābre & cufez	E ntalliez furent a cifel
& par baller vn poy caſſez	L i pon₂ li heut qui ml't ſ't bel
15 J e ne fei pas tres biē c'tains	33 J llia laz bien treietez
C e ceſt fui ouiure ou areins	D o₂ & d ur gent & flo₂s aſſez
O u feit do₂chā ou de laton	D e ceſt auon traite aſſez
18 M es ml't eſt bele ſa facon	36 O ₂ oes autre ſe volas

Aveit poor de devier.
Ele preia a son seignor
Molt dolcement et par amor
Que, si [li] plaist, congié li dont,
Ainz qu'ait enfant, d'aler au Mont
A oreisons; quer grant talent
L'en esteit pris novelement.
Augent ensemble, cen diseit.
Il li respont que non fereit;
Atend(r)e et souffre, asez ira
Emprof icen qu'enfant aura:
« N'est or de cen nule seison,
Dist li prodom, asez iron. »
Quant la dame vit qu'el n'aureit
Congié de cen qu'el requiereit,
Greignor talent idonc l'em prist,
Et son seignor souvent requist;
Tant l'a preié que veincu l'a.
Lor eirre cil tost apresta,
De ses serjanz a cil menei.
Al Mont vienent, tant unt esré;
Quant ourent fait lor oreisons
Devotement à genoillons,
Et lor offrende au mestre-autel
Et par les autres autretel,
60b] Lor cors seignierent et lor vis,
A seint Michiel ont congié quis,
A grant joie torné s'en sunt,
Vers lor païs lié(z) s'en revunt.
Jà aveient tant espleitié
Que à bien prof l'une meitié
De la greive ourent trespassé,
Quant une grant adversité
Sodosement lor est creüe
D'une neule qui est venue.
Tant fut espesse, rien ne veient
Fors sol la greive où il esteient.
La meir montout molt à espleit,
Venir l'öent, prof d'els estei(ei)t;
De grant repoint ert, si menout
Merveillous bruit, quel part qu'alout.
Poor orent, si se hasteirent;
Mès la dame que els meneirent,
Por l'angoisse grant que ele a,
Aresté' est, si enfanta.
Quant li prodom a cen veü,

(8587)
37 P oꝛ aueit de deuier
E lle p'ia a ſon ſeignoꝛ
M out docement & par amoꝛ
40. Q' ſe li pleſt congie li dont
A ins q' ait enfant daler au mõt
Q' r el en aueit grant talent

43
A ugent enſemble ce diſeit [98b
J lli reſpont q' nõfereit
46 A tŏde & ſeufre aſſez ira
E mp's ice q' enfant aura
N eſt oꝛ de ce nulle ſeſon
49 D iſt le prodon aſſez iron
Qua nt la dame vit q'l naureit
9 gie dece q'eul req'reit
52 G reignoꝛ talent idõc lẽ pꝛiſt
E t ſon ſeignoꝛ ſouent requiſt
T ant la p'ie q' veɪcu la
55 L oꝛ erre toſt ap'ſta
D e ſes ſerianz acil mene
A u mont vienent tãt ont erre
58 Qua nt oꝛent feit loꝛ oꝛeiſons
D euotement agenollons
& loꝛ offrĕdes au metre autel
61 & par les autres autre tel
L oꝛ coꝛps ſegnierent & loꝛ vis
O ſaint michel ont ǫgie pꝛins
64 A grant ioie toꝛne ſen ſ't [99a
V ers loꝛ pais liez ſen reuont
J a aueient tant eſplete
67 Q' abien pꝛeuf lune mite
D e lagreue oꝛent treſpaſſe
Qua nt vne grant adu'ſite
70 S oudouſemõt loꝛ eſt creue
D une neule qui eſt venue
T ant eſpeſſe riẽ ne voient
73 F oꝛs ſol la greue ou il eſteiſt
L amer montout tot a eſpleit
V enir loient pꝛes deus eſteit
76 D e grant repoint ert ſi menout
M eruellous bꝛuit q'l part qualout
P ooꝛ oꝛent ſi ſe haſterent
79 M es la dame q' eus menerent
P oꝛ langoiſſe grant q' el (l)a
A reſtee eſt ſi effanta
82 Qua nt li prodons a ce veu

Esmeri s'est e esperdu.
Il essaia s'il la porreit
D'iluec oster en nul endreit, 85
Et si serjant tot ensement ;
Meis entre tot ne funt neient.
Quant il virent n'iert remuée, 88
A seint Michiel l'unt commandée ;
Isnelement s'en vunt plorant,
Quer jà lor iert la meir devant. 91
61a]Puis que la dame entent et veit
Qu'aïe d'els nule n'aureit
Ne d'omme nul qui seit soz ciel, 94
Del tot s'est prise à seint Michiel,
Que requis out devotement ;
Or li prie que isnelment 97
En cel peril li face aïe,
Que durement en lui se fie :
« Sire, fait-ele, seint Michiel, 00
Secor-mei oi(e) por Deu del ciel ;
Ne me leissier ici neier
En ceste meir, ne perillier. 3
Se ne m'aïes ilnelment,
Morir m'estuet hastivement ;
Se je n'en ai par tei secors, 6
Morir m'estuet tot à estros. »
Devotement l'aveit requis ;
Por cen li fist, cen m'est avis, 9
Li archangre[s] si faite aïe
Que unc ne fut sa peir oïe ;
Quer cele mer l'avironna, 12
Meis à lié unques n'atoucha,
Come coronne ert tot entor.
Li floz veneit de grant redor 15
En tant d'espace cum poièt
Ses braz estendre, ne n'aveit
Environ lié d'aigue une goute. 18
A sec se siet ; mais encor doute.
La mer crut haut, puis resemblout
Le cerne où cele dame estout. 21
61b]Jà seit icen que molt fust basse,
Une goute vers lié n'en passe.
Quant desqu'al cerne l'unde alout, 24

En-es-le-pas s'en retornout ;
Ou autresi iluec freigneit
Cum à rochier et fremisseit. 27

E fmaye ceft & efperdu
J l efleya fi la porreit [99b
D illeuc ofter en nul endreit
& ces ferianz tout enfement
M es entre tant nefont neent
Qua nt eu virent nert remue
A faint michel lont gmadee
J fnelement fē vont plorant
Q' r ia lor ert lam' deuant
P uis q' la dame entent & veit
Q' aie deus nulle naureit
N e dome nul qui feit for ciel
D eu tout ceft pri(n)fe afait michel
Q' requis out deuotement
O r li p'ie q' ifnelement
E n cel peril li face aie
Q' r durement en le fefie
S ire feit ele faint michel
S ecorez moy por de deu ciel
N eme lelſiez ici neier
E n cefte mer ne perillier
S e ne maies ifnelement [100a
M orir mefteut haftiuemēt
S e ie nē ai partei fecors
M orir mefteut tot a eftros
D·euotement laueit requis
P orce lifift cemeft auis
L iarchangre fi faite aie
Q' r onc ne fut fa per oie
Q' r cele mer lauirona
M es ale onq's ne tocha
C o(i)me corone tot entor
L i floz veneit de grant redor
E ntant defpace gme poeit
S es braz eftendre ne naueit
E nviron lie deue vne goute
A ſſec ſe ſiet mes encor doute
L am' crut haut puis refēblout
L e cerne ou cele dame eftout
J a feit ice q' ml't fuft baffe
V ne gote v's le ne paffe
Qua nt defquau cerne londe
 alout [100b
J fnele pas fen retornout
O u autre fi illeuc fregniet
9 arochier & fremiffeit

(3628)

Bien demostrout que forz esteit	B ien demoſtrout q' fort ſeteit
Cil qui issi la destreigneit.	C il qui eiſſi la deſtreigniet
Quant la dame est asseürée,	30 Qua nt la dame eſt aſſeuree
Qui molt fut ainz espoantée,	Qui ml't fut ainz eſpoātee
L'enfant a pris si cum el pout	L enfant a pꝛis ſi g el pout
Et de cez undes le lavout,	33 & de ces vndes le lauout
Cum d'autre eve prendre poièt	C on dautre eue pꝛēdꝛe en pouet
De cele mer où ele esteit;	D e cele mer ou el eſteit
Meis la mer n'out poēsté pas	36 M es lam' nout poſte pas
D'aleir sor lié ne sor ses dras.	D aler ſoz le ne ſoz ſes dꝛas
Quant ele fut tote montée,	Qua nt eule fut toute montee
De rive en rive est loinz alée,	39 D e riue en riue eſt loign alee
En-es-les-pas retraite rest,	J ſnelepas retreite reſt
Si cum saveiz que costume est,	S i g ſauez q' coſtume eſt
Et la dame sor seche areine	42 & la dame ſus ſeiche areigne
Laisa haliegre et tote seine.	L aſſa halegre & toute ſeine
Al miracle des treis enfanz	A u miracle des treis eſſans [101a
Pue(n)t estre bien cil resemblanz.	45 P eut etre ceſt reſemblant
En la fornaise cil esteient,	E n la fomeſe cil eſteient
Où li Candeu mis les aveient.	O les mauues mis les aueient
Dedenz aveit feus merveillous;	48 D edenz aueit feu m'uellous
Et nequenden, cen sachiez-vos,	& ne q'deit ſe ſachiez vous
Ne pout à els plus habiteir	N e peut a eus plus habiter
Qu'a ceste fame pout la meir.	51 Q ua ceſte fame peut lamer
62a] As lians rumpre et depechier	E ſlianz rūpꝛe & depecier
Lor fist li feus secors plenier;	L oꝛ fiſt le feu ſecoꝛs planier
A la dame refist la mer	54 A la dame refiſt la mer
Servise à son enfant laver.	S eruiſe a ſon enfant lauer
La delivrance à cels de là	L adeliurāce atex de la
A Deu servir le rei torna,	57 A deu ſeruir les retoꝛna
Dan Nabuchor quis out norriz	D an nabugoꝛ qui out noꝛriz
Et quis perdeit molt à enviz;	& quis perdeit ml't a enuiz
Et de ceste le salvement	60 & de ceſte le ſauuement
Escommeū a meinte gent	E ſconmeu a meinte gent
De dam-le-Deu criendre et amer	D e damedeu creindꝛe & amer
Et seint Michiel molt enorer.	63 & ſaint michel ml't hennoꝛer
Dès que la mer retraite fu,	D es q' lamer retreite fu [101b
Li prosdon s'est sempres meū;	L i pꝛodons eſt emp's meu
Si compaignun ouvec lui vunt,	66 S es gpaignons ouec li uont
Et dient meis ne re(c)[t]rerrunt	& dient mes ne retoꝛꝛont
De ci qu'à là qu'aient trouvé	D e ſi q' la q' aient troue
Le cors sa fame et enterré.	69 L e coꝛps ſa fame & enterre
Au leu tot dreit où la leissa	A u leu tot dꝛeit ou laſſa
Va li prodon ou cels que a;	V a li pꝛodons o ceux qui la
Iluec la trovent tote sein[e](a),	72 J lleuc la treuue tote ſaine
Et entor lié seche l'areine.	& entoꝛ lei ſeiche lareigne

	(3674)	
Entre ses mains l'enfant teneit		E ntre fes mains lenfant teneit
Que enfanté iluec aveit.	75	Q effante illeuc aueit
De la dame, que trovei unt		
Saine et haliegre, esbahi sunt;		
Esperance nule n'aveient	78	E fperace nulle naueient
De cen trover que or ve[ie]ient.		D e ce trouver q' oz veient
Quant un petit unt demoré,		Qua nt vn petit ont demoze
Merciz rendent grandes à Dé;	81	M erciz rendent grandes ade
62b]Et seint Michiel löent forment		& faint michel loent formēt
Qui guari a apertement,		Qui gari a apertement
Ce veient bien, sa pelerine	84	C e veient bien fa pelerine
De mal, de mort en cel marine.		D eu mal de mozt en (la) lamarine
Si cum il unt parlé assez,		S i g il ont parle affez [102a
La dame dist: «Siegnor(s), oiez!	87	L a dame dift feignozs oez
Si vos dirai cum sui guarie,		S i vous direi g fe garie
Se dam-le-Deu me beneïe.		S e damedeu me beneie
Tant cum la mer ici esteit,	90	T ant g lamer ici efteit
Avis me fut que il aveit		A uis me fut q' il aueit
Une cortine entor mei blanche		V ne cortine entoz mei blanche
Molt plus assez que nois sor branche;	93	M out plus affez q' neif fus branche
A semblanche de mur esteit,		A fēblāce demur efteit
La mer passer ne la poieit.»		L amer paffer ne la poeit
Quant seint Michiel ont gracïé,	96	Qua nt faint michel ont gracie
En-es-le-pas sunt repairié;		J fnelement ft reperie
Et cest miracle recunterent		& ceft miracle recōterent
A trestoz cels que il troverent.	99	A treftoz ceux q' il trouerent
Li enfes fut Perils nommez		L ienfes fut pereliez nomez
Por cen que il fut en peril nez.		P oz ce q' il fut en peril nez
Dès que out aié, ce m'est avis,	2	D es q' out age cemeft auis
A escole fut ompres mis;		A efcole fut emp's mis
Tant a apris que prestre[s] fu,		T ant apzis q' pzeftre fu
En Liesvin a porroisse eü.	5	E n liefuin aparroiffe eu
De sa vile out quatre loëtes		D e fa uille out quatre leueites [102b
Tresqu'à Lisies petit[et]es.		D efqua lifees ml't petitetes
Dès que il out entendement,	8	D efque il out entēdement
A Seint-Michiel vint liement		A faint michel vint liement
Chascun an puis à oreisons.		C hecun an puis a ozeifons
De cest miracle ci leirons ...	11	D e ceft miracle fi lerons *)

*) Es folgen: & vn autre reconteron
B ziement fi g by lauon
3 V n miracle veul reciter
q' en liure ne puis trouer
M es efnozziz de lamefon
6 Qui efteient mi gpaignon
L oy conter qui fe difeient
Qui tot eiffi roy laueient
9 A loz pzioz conter iadis

& ef veuz homes deu pais
A ncienne coftume efteit
12 Q' treis cierges toz dis aueit
D euant le meftre autel du mōt
E ncoz veiez li dui ifunt
15 D euant leuout fain gabriel [103a
E n eft li vns . faint raphael
E n ale fuē delautre part
18 & nuit & iōz cheoun deus art

63a] Ne sai se cil ert el mostier;
Meis venuz est sanz demorier
Devant l'autel où esteit mis
Li cierges, si cum je vos dis.
Hastivement l'a remué
Et à l'archangre raporté.
Encor n'iert-il pas bien assis,
Quant derechief cil le ra pris,
Isnelement le ra porté
Au seint imagre dam-le-Dé.
Cele chose pas ne vei[ei]ent,
Ce distrent cil, ne n'en oi[ei]ent
Qui le cierge lor a tolu
E desassis de là où fu ;
Meis par mié l'eir, ce vunt disant
L'en virent bien aler ardant.
Lors veit li moines à l'abé,
A une part l'a apelé,
Privéement li raconta
Le miracle que veü a ;
De chief en chief li a tot dit,
Si cum neies si homs le vit.
En soufrance l'abes l'a mis
Desqu'al chapitre, ce m'est vis ;
Et l'endemein, si cum je espeir,
Si semble cen neis trés-bien veir,
Le moine a fait venir avant
Enz el chapitre, et le serjant ;
Si lor a dit et commandé
Que ·il dient la verité
63b] De cen que virent el mostier,
Si cum li moines li dist ier.
Quant li abes l'out commandé,
Si unt lor conte cil levé ;
Recontei unt presentement

Devant l'imagre fait michel
N alumiere fors deu ciel
21 S e nen ne limet por de amor
O u grant feste ne seit le ior
O r vous direi 9 feitement
24 L angre perdit le hennoremēt
D eu tiers cierge q' il aueit
V n crucefis illeuc esteit
27 E nz en mostier fus vn autel
C irge niart ne lape ueil
O r auint si q' li serianz
30 Qui ace est tout apēdanz

(8712)
. N e sei se sil ert en mostier
M es venu est sans demorer
14 D euant lautel ou esteit mis
L i cierge si 9 ge vous dis
H astiuemēt la remue
17 & a larchagre raporte
E ncor niert pas biē assis
Qua nt derechief cil le ra pris
20 J snelement le ra porte
A u saint ymagre damede
C elle chose pas ne veient
C e distrēt cil nenoient
23 C e distrēt cil nenoient
Qui le cirge lor a tolu   [104a
M es de assis de la ou fu
26 M es parmei ler ce uont disat
L en virent biē aler ardant
L ors ueit li moine alabbe
29 A vne part la apele
Prinement li raconta
L emiracle que veu a
32 D e chief en cief lor atot dit
S i 9 neis si ons le vit
E n sofrance labbes la mis
35 D es quau chapitre cemest vis
& len demain si 9 ie espeir
S i semble ce neis bien veir
38 L i moine afet venir auant
· E nz en chapitre & li seriant
S i lor adit & 9māde
41 Q' il dient la verite
D ece q' virent en mostier
S i 9 li moine li dist ier
44 Qua nt li abbes out 9māde [104b
S i ont lor conte cil leue
R econte ont p'sentement

D euant limagre femest vis
D e fait michel vn cirge out mis
33 S i 9 il out lesse ardant
T out en erres de maintenant
S e[s] ieus veanz ce raconta   [103b
36 O nc ne sout qui le cierge osta
M es il vit biē q' il fut mis
Deuant lautel deu crucefis
39 Qua nt i vit ce esbahi fu
A son metre est corant venu
D e chief en chief 9te li a
42 L a m'uelle q' veue a

Cen qu'il virent apertement,	C e q' il virent apertement
Un[c] ne fallirent à un mo(l)t	O nc ne fallirent a vn mot
De verité dire par tot.	D euerite dire partot
Dè[s] que lor conte ourent finé,	D es q' loɜ conte ɔɾent fine
Teü se sunt et reposé;	T eu ſe ſˀt & repoſe
Puis dist uns moines ancieins:	P uis diſt vn moine ancients
« Seignor(s), fait-il, si cum je pens,	S eignoɾs feit il ſi 9 ie pens
Corteisement nos a repris	C ɔɾteiſement nos a repɾis
Nostre avoie[z], ce m'est avis;	N oſtre auoe cemeſt auis
Mostré nos a que estions	M oſtre nos a q' eſtions
Vilain(s) trestuit, quant leissions	V ilains treſtoɾ quant leſſions
L'imagre nostre Criator	L image noſtre criatoɾ
Sanz luminaire et noit et jor;	S anz lumiere & nuit & ioɾ
A rebutons le faisions,	A rebutonſ le feſions
Quant autre plus enorions	Qua nt autre plus henoɾions
Que icelui qui toz nos fist.	Q' icelui qui toz noz fiſt
Seint Michiel bien guarde s'en prist,	S ait michel garde ſempɾiſt
Molt par l'a feit corteisement.	M out par le fiſt coɾtaiſement [105a
Quant le suen cierge proprement	Qua nt le ſuen cierge prop'ment
A son seignor a presenté,	A ſon ſeignoɾ apɾeſente
Si cum nos unt cil recunté,	S i 9 nos ont cil raconte
Ne li deit meis estre toleit.	N e li deit mes etre toleit
Quant cil li donne qu'il esteit,	Qua nt cil li done qui il eſteit
Ce m'est avis, qui dreit fera	C emeſt auis qui dɾeit fera
Le crucefis, le cierge aura. »	L e crucefis le cirge ara
64a] Li abes a bien graanté	L i abbes a bien garâte
Cest jugement et acordé,	C eſt iugement eſt acoɾde
Et li convenz tot ensement	& li couent tot enſement
Rotreia bien cest jugement.	R otria bien ceſt iugement
Si faitement, ce m'est avis,	
Remeist le cierge au crucefis;	
Encor l'a-il et si l'aura,	E ncoɾ lail & ſi laura
Jameis nuls homs ne li toldra.	J ames home ne li toudɾa
Une lanterne i a l'en quis	V ne lanterne ia len quis
Longue, de corn, où il est mis.	L ongue deueirre ou il eſt mis
Anno octog'.	

E xplicit expliceat ludere ſcriptoɾ eat
Hic lib' ē ſcript9 qui ſcripſit ſit
                      benedict9

A nno domini milleſimo
T ricenteſimo quadɾageſi[mo]
D ie mercurii poſt domini
    cam qua cantatur letan[ia]
J eruſalem factus fuit iſte [liber]